Paul Divjak

KINSKY

GEGRÜNDET
1999

Paul Divjak

KINSKY

Czernin Verlag, Wien

Bibliografische Information der Deutschen Bibliothek
Divjak, Paul: Kinsky / Paul Divjak
Wien: Czernin Verlag 2007
ISBN: 978-3-7076-0236-4

Coverabbildung: Bocca della Verità, 1715
Autorenfoto: Rainer Hosch
Satz und Layout: Elisabeth Natz
Lektorat: Florian Huber
Druck: Druckerei Theiss GmbH, A-9431 St. Stefan
ISBN: 978-3-7076-0236-4

Nach den Erzählungen des Grafen Kinsky von Wchinitz und Tettau

Wenn wir wirklich fallen, fehlt es uns an nichts

Eins

Mein Büro lag damals direkt an der Wall Street. Genau gegenüber dem Trading Floor. Da passiert alles. Das ist das, was du auf CNBC siehst. Die Monitore, die Anzeigentafeln und der ganze Scheiß. – Ich war genau gegenüber: Wall Street 100. Im 15. Stock. – Oppenheimer.

In der Wall Street waren wir am Ende ungefähr 53 Leute. Da war alles vertreten; wir hatten Juden, wir hatten Moslems. Um jeden Markt abzudecken. Wir hatten Amerikaner und Deutsche. Da war alles dabei.

Gewohnt habe ich auf der 2nd Street und in Whitestone bei Flushing. Das liegt nördlich. – Was so viel heißt wie: jeden Tag 90 Minuten zur Arbeit. Jeden Tag 90 Minuten von der Arbeit. Mit der U-Bahn. Mit dem Bus und mit der U-Bahn.

Was für den Markt gut ist, ist schlecht für den Einzelnen. Wenn eine Umweltkatastrophe 500.000 Menschen in die Armut reißt, ihnen alles wegnimmt, ist das gut für den Markt.

Dann müssen die Versicherungen Geld ausschütten. Sie verlieren Geld. Jeder, der Put-Optionsscheine besitzt, hat Interesse daran, dass eine Versicherung kleiner wird. Dass sie weniger Geld hat, weniger liquide ist.

Wenn ein Arbeitsloser Arbeit bekommt, ist das für den Markt schlecht.

Wenn eine Firma Arbeiter abbaut, ist das gut für die Aktien. Das Abbauen von Arbeitern spart Kohle. Der Aktienwert steigt. Das heißt: Für den Investor ist das gut. Für mich als Einzelnen ist das natürlich beschissen. Wenn eine Firma Mitarbeiter anstellt, fällt der Aktienwert. – Weil: Mehr Ausgaben. Gut für mich ist, dass ich jetzt wieder Arbeit habe. Ist aber schlecht für die Firma.

Die Logik des Markts lautet, und daran gibt es keinen Zweifel: Wenn es der Welt schlechtgeht, geht es dem Markt gut. Und umgekehrt. Das ist eine Gleichung. Mit zwei Konstanten.

Als Broker machst du nichts anderes, als zu schauen, dass die aktuellen Börsenkurse in dein Portfolio passen. Wenn du also auf Energie setzt, dann möchtest du nicht, dass der Markt auf biopharmazeutische Firmen umschwenkt. Du investierst ja in einen völlig anderen Sektor.
Was du willst, ist, dass sich der Markt an dein Portfolio anpasst. Nichts anderes willst du! – Das heißt: 100 Prozent Energie! Wenn eine Umweltkatastrophe passiert, geht der Preis für Energie rauf. Er klettert extrem in die Höhe. Es gibt also nichts Besseres als einen Tsunami. Irgendwo auf der Welt. Da leck ich mir als Broker die Finger. Alle zehn.
Mit Öl ist es genau dasselbe. Droht eine Knappheit? Ein Versorgungsengpass? Großartig! Nichts besser als das! Wenn ich am Energiesektor spekuliere, kommt mir das gelegen.
Das ist der Markt. Alles, was für den Einzelnen schlecht ist, ist ideal für den, der investiert. Und ich spreche hier von Größenordnungen ab 100.000 Dollar. Alles darunter sind keine Investitionen. Alles darunter sind Peanuts.

Ich hatte immer Positionen am Markt. Ich war aber auch immer liquide. Egal, wie das Wetter war. Sagt dir Bellweather etwas? Eine Bellweather Company ist eine Firma, die das Wetter auf dem Markt bestimmt.
Der CEO von Hewlett Packard, zum Beispiel, ist ein Segler. Jeder weiß, dass der ein Segler ist. Die Company Hewlett Packard lebt und fällt mit dem Mann, mit seinem Gründer. Genauso wie Microsoft am Arsch ist, wenn Bill Gates stirbt. Eine Woche lang, vielleicht. Bis eben

irgendein anderer gewählt wird. Um die Firma weiterzuführen. Das bestimmt, wohin die Aktienpreise gehen. Entweder wird der Neue angenommen. Oder er wird es nicht. Was der CEO bei HP gerade machte, hat immer den Preis bestimmt. So war das damals. Und heute wird es nicht anders sein.
War er zwei Wochen segeln, ist der Preis gefallen. Und wir sprechen hier von 30–40 Prozent. Der ist segeln gegangen! Und nach vier bis fünf Tagen haben die Gerüchte den Markt bestimmt. Du kaufst ein Gerücht, und du verkaufst eine Tatsache. Kauf immer ein Gerücht, und verkauf dann Tatsachen. Alles klar?
Der Typ ist also segeln gegangen. Ein paar Tage später sagt jemand: Der ist beim Segeln verunglückt. Abgekratzt. Hinüber. Das Gerücht! Es verbreitet sich wie ein verdammter Virus. Innerhalb kürzester Zeit haben das dann alle gewusst. Der Typ ist gestorben. Beim Segeln. – Ein perfektes Gerücht!
Ob der jetzt tatsächlich tot ist oder nicht, macht überhaupt keinen Unterschied. Was du tust, ist einfach: Du kaufst das Gerücht. Also haben wir alle verkauft. Der Typ ist weg. Die Aktie ist schlecht. Schlecht für die Firma. Punkt. Verkaufen!
Das heißt, der Kurs der Firma fällt innerhalb eines Tages. Natürlich kommt dann von der Pressestelle der Firma sofort ein Dementi: Der Typ lebt. Es geht ihm gut. Besser als je zuvor. Ist bloß mal segeln. Macht wohlverdienten Urlaub auf den Bahamas. Und: In dem Moment zieht der Aktienpreis wieder an.
Wenn du verkaufst, gewinnst du. – Du kaufst das Gerücht, und verkaufst deine Aktien. Dann kaufst du sie unten zurück und verkaufst sie oben wieder. – Doppelter Gewinn! Klare Sache!
So werden täglich Milliarden umgesetzt.

Wenn du viele Aktien besitzt, interessiert es dich natürlich, noch mehr zu besitzen. Du möchtest ja einen Anteil haben, der irgendwann mal größer als 50 Prozent ist. Damit du wirklich was zu sagen hast, in einer Firma.
Wenn dir 51 Prozent einer Firma gehören, geht schon was.
Da hast du was zu sagen. Wenn jemand einen großen Vorrat an HP-Aktien besitzt, ist er an einem Kauf interessiert. Wenn er weiß, dass es sich um ein Gerücht handelt, kauft er. Und wenn der Kurs wieder raufspringt: Instant Profit! – Was willst du mehr?

Der ganze Aktienmarkt bewegt sich nur deshalb, weil es Leute gibt, die Sachen verkaufen. Und: Weil es Leute gibt, die sie wiederum kaufen.
Es gibt Märkte, die sind liquide. Die haben Volumen. Weil genug Leute die Aktien verkaufen. Und genug Leute Aktien kaufen. Amerika hat ein großes Volumen. Eh klar, die Amis stehen auf den Scheiß. In den USA besitzen 70 Prozent aller Einwohner Aktien. In der einen oder anderen Form.
So viel zum Aktienmarkt. – Alles, was schlecht für mich ist, ist gut für den Markt.

Angefangen habe ich 1998. Das heißt eigentlich Ende 1997. Das war noch in Wien. Von Wien aus hab ich alles aufgebaut. Wien – London – New York.
In Wien hatte ich am Höhepunkt der Operation 65 Angestellte. In einem eigenen Zinshaus. Wir haben das ganze Haus gekauft. Da hast du keinen Stress mit Besitzern oder Nachbarn.
Die Reihenfolge, in der wir das Ganze aufgeben mussten, war dann eine andere. Zuerst haben wir in Wien zugesperrt. Dann in New York.

Ich selber hab dann noch eineinhalb Jahre in London gelebt. Im Büro dort hatten wir die wenigsten Leute. Der Standort war am günstigsten zu halten. Als unabhängige Consulter arbeiteten wir noch eine Weile weiter. Dann war wirklich alles vorbei. Alles war weg.
Das war im Herbst 2000.

Ich schätze, dass der Crash der New Economy damals mehr oder weniger 40 Prozent aller Brokerage-Häuser auf der ganzen Welt mitgerissen hat.
Wir waren eins davon. Wir waren einfach nicht groß genug. Wie eine Firma mit knapp 200 Mitarbeitern nicht groß genug für die Weltwirtschaft sein kann, weiß ich zwar bis heute nicht. Aber wir waren, verdammt noch mal, einfach zu klein. Am Schluss hatten wir ein Defizit von 65 Prozent. Wir hatten 15–16 Millionen Dollar am Buch. Wenn du von dem 65 Prozent wegrechnest, geht dir der Arsch auf Grundeis. – Das war's dann.
30 Prozent der Klienten haben sofort ihre Konten geschlossen. Ein paar Zahlen haben wir fingiert. Eine Handvoll Klienten hat geklagt. Mein privates Minus belief sich damals auf 3,5 Millionen Dollar. – Und kurz zuvor war ich noch mit 12 Millionen im Plus!

Du musst wissen: Es gibt einen Richtwert für den Erfolg. Das sind fünf Jahre. – In fünf Jahren bist du als Broker entweder reich. – Und du hörst auf. Oder: Du bist ausgebrannt. Und weg vom Fenster. Du weißt: Du hast einfach nicht das Zeug dafür. Pech gehabt.
Ich hatte gerade einmal dreieinhalb Jahre hinter mir – und war mit 12 Millionen im Plus! Ich bin strikt der herrschenden Ideologie gefolgt. Ich war noch nicht so weit. Ich dachte mir: Dreieinhalb Jahre gehen noch locker.
Ich fühlte mich nicht schlecht. Im Gegenteil. Ich war 20 und arbeitete jeden Tag 18 Stunden. Den Rest der Zeit

war ich auf Drogen und in Clubs unterwegs. In der Früh kam ich heim.
Um sechs, sieben am Morgen kam ich heim, duschte und fuhr wieder zur Arbeit. 18 Stunden am Telefon. Nonstop. Bis ich blutige Ohren hatte. Und dann war ich wieder unterwegs.
Speed war die Hauptdroge für mich. Speed hat mich wach gehalten. Oft wochenlang. Speed tat mir gut. Ich zog von Montag bis Freitag durch die Clubs in Manhattan. Und am Samstag und Sonntag schlief ich dann.
Wenn die anderen ausgingen, schlief ich. – Das war mein Leben.

Oft wachte ich in der Früh im Flugzeug in New York wieder auf. Völlig breit. – An vieles aus dieser Zeit kann ich mich überhaupt nicht mehr erinnern. Woran ich mich allerdings sehr gut erinnern kann, ist, dass ich immer der Liebling der Stewardessen war. Eh klar. Ich stieg ja immer schon benommen ins Flugzeug. Ich brauchte nie etwas. Ich lag angeschnallt da und schlief den ganzen Flug lang wie ein Baby. Aufgewacht bin ich dann irgendwo. – In Boston, Frankfurt oder was weiß ich.
Sie weckten mich.
– Guten Morgen! Wir sind da, Herr Kinsky! Sie müssen aussteigen …
– Scheiße noch mal, schon wieder aussteigen …!
Ich machte nie Stress. Nicht im Flugzeug. Nicht am Airport. Ich zuckte nie aus oder machte sonst irgendwie Ärger. Und, wie gesagt: Ich brauchte einfach nie etwas.
Ich war immer weg. Betrunken, zu. – Easy to handle. Voller Koks und Tabletten. Total komatös. Weggetreten.
Ich war einfach anderswo. – Das war mein Leben.

Führerschein hatte ich damals keinen. Ein Auto wollte ich mir nicht zulegen. Ich fand Taxifahren geil. Das war das

Richtige für mich. In Wien gab ich am Tag 1.000, wenn nicht 2.000 Schilling allein für Taxifahren aus. Ich fuhr immer Taxi.

Für mich war das Wichtigste damals: 40 100. Das ist ein bekannter Taxifunk in Wien. – Mercedes-Taxi, Raucher.

Die wussten, wer ich bin. Und es war immer ein Mercedes-Taxi da. Immer Inländer. Immer Raucher.

Wenn es mal nicht so war, rief ich an und beschimpfte sie.

Manchmal schickten sie mir einen Volvo. Oder irgendeiner, der den Funk übernommen hatte, tauchte bei mir auf. – Das konnte ich gar nicht leiden. Ich kippte dann regelmäßig aus der Rolle. Manchmal hatte ich höhere Telefon- als Taxirechnungen. Nur weil ich in meinem Suff alle blöd anmachte.

Zwei

Ich habe es nicht verdient, dass der Markt im Jahr 2000 gesagt hat: Ich verabschiede mich. – Ich habe es nicht verdient, in diese Zeit zu fallen. In die Zeit, in der sich der Markt korrigierte. Ich habe so hart für mein Geld gearbeitet. Ich hab es nicht verdient, all das wieder zu verlieren.
Ich habe es einfach nicht verdient, dass der Markt kracht und ich mit ihm Pleite geh. Ich habe viel zu hart gearbeitet dafür.
Was davon geblieben ist, war ein großer Schmerz. Ein Schmerz, den ich lange mit mir herumgetragen habe.
Fünf, sechs Jahre lang habe ich den Schmerz und die Enttäuschung mit mir herumgetragen. Allen habe ich es angelastet. Alle habe ich gehasst dafür.

Ich habe mein Leben lang nie besonderen Wert auf Besitz gelegt. Ich habe mir nie viel geleistet. Nie viel zugelegt. Ich habe immer geteilt. Vieles hergeschenkt. Ich war viel aus. Bin viel gereist.
Und überall, wo ich war, habe ich alle eingeladen. Ich war einfach ein Lebemann. Ich war immer großzügig. Mir hat es einfach gefallen, für alle zu zahlen. Der Gastgeber zu sein, etwas springen zu lassen. Mir war das wichtig. Mir hat das gutgetan.
Und dann das! – Wie alles weg war, wusste ich nicht mehr, was 1000 Schilling überhaupt wert sind. – Ich hatte einfach keinen Bezug mehr zu Geld. Überhaupt keinen.

Innerhalb von 3 Wochen haben sie mir alle Konten eingefroren. Ich konnte meine Miete nicht mehr bezahlen. Ich war nicht mal in der Lage, mir was zum Essen zu kaufen. Ich wusste nicht, was ich mir leisten kann, und was nicht. Mein Geld war weg. Alles war weg. Ich hatte über ein Dutzend Kreditkarten auf der ganzen Welt. Und alle waren mit einem Mal gesperrt. Innerhalb von drei Wochen hatte ich alles verloren.

Wenn du mit 17 in eine Gesellschaft stolperst, die aus lauter Bauern mit großem Mundwerk besteht, die ihr Geld damit verdienen, dass sie Bauern mit einem großen Mundwerk sind, dann prägt dich das.
Ich war umgeben von Bauern, die sich nichts geschissen haben. Die haben sich alles getraut. Alles. Die konnten einem Eskimo am Telefon einen Eiskasten verkaufen.
Weil sie sich nichts geschissen haben. Was nichts daran ändert, dass sie Bauern geblieben sind. Die haben in kurzer Zeit extrem viel Geld verdient. Die wollten das auch ausgeben. Die wollten das leben. Die benahmen sich so, als wären sie wohlhabende Adelige. Und: Da musst du natürlich mithalten. Das ist überall so. Das ist auf der ganzen Welt das Gleiche.

Wir haben in New York Stretchlimousinen gemietet. Sind nach Atlantic City gefahren. Haben dort ein paar Broker eingeladen. Haben ihnen fünf Nutten bezahlt. Und Casino mit allem Drum und Dran. Nur um ihnen zu zeigen, wer hier der Chef ist. – Das war für die natürlich total motivierend. Denn: Wer hat sie mitgenommen? Wer hat ihnen all das gezeigt?
Wow!, haben die gedacht. Unsere Chefs sind ein Wahnsinn! Die haben echt Kohle! Bei uns geht's ordentlich ab! Unsere Firma ist der Überhammer!
Und mit dieser Motivation sind die natürlich zurück ans Telefon. Zu ihren Klienten.

Oft spielten wir mit unseren Brokern. In den Büros. Wir haben sechs, sieben Kisten Bier, fünf Flaschen Whiskey,

fünf Flaschen Tequila hingestellt, und Drink Till You Think gespielt.
Das geht so: Du nimmst eine Flasche und trinkst. Es geht um Namen – prominente Namen, die jeder kennt. Ich fange also an und nenne einen Namen. Der Nächste trinkt und muss mit dem Anfangsbuchstaben des Nachnamens den nächsten Promi nennen. Und so weiter.
Irgendwann denkst du dann nicht mehr daran, welchen Namen du als nächsten nennen könntest, sondern, wie viel du überhaupt noch verträgst, bevor du endgültig umkippst.
Bei so einem Spiel lernst du Menschen kennen. Da zeigt sich, wie sie gestrickt sind. Wer das Zeug zum Steher hat. Und wer bloß angepasst mitläuft und schon nach kurzer Zeit erbärmlich schlappmacht.
Unsere Leute waren zwischen 16 und 45. – Und: Alle haben mitgemacht!
Einer hat mich mal bei Drink Till You Think mit dem Messer angegriffen. Der war total im Suff. Ist komplett ausgezuckt. Der wollte mich niederstechen, weil ich einen Witz über ihn gerissen hatte. – Das war sein letzter Arbeitstag.

Du denkst, bei Brokerage geht es um Individualität? Um Ich-Stärke? – Bei Brokerage geht es nur um den Gruppendruck! Und: Es geht um den Kick. Die Herausforderung.
Du kriegst einen toten Klienten, den du anrufen sollst. Und ich krieg einen. – Ich bin besser als du! Ich sage: Ich rufe ihn an und krieg den Account! – Du sagst: Nein, du kriegst ihn nicht. Ich krieg ihn! – Okay, lass uns wetten! 500 Dollar? – Alles klar! Die Wette gilt!
Beide rufen an. Professionell. – In dem Moment schalte ich um, vom Alkoholiker-Vollarsch-Modus auf seriös. Und: Ich ziehe mein Ding durch.

Wenn der Klient am Telefon sagt, er spielt Golf, dann spiele ich schon seit Jahren Golf. Und wenn der Klient am Telefon sagt, er fährt einen Ferrari, dann sage ich: Aber der neue ist noch viel besser. – Oder: Ich spüre den Unterschied beim Beschleunigen extrem. Die europäischen Modelle sind einfach besser als Ford und der ganze Ami-Scheiß …
Und wenn der Klient sagt, er hätte vier Landhäuser auf den Seychellen, dann hab ich dort eben fünf. Und: Ich kenne den Präsidenten. Ist ein guter Freund. – Schon seit Jahren.
Als Broker bist du immer das, was der Klient ist. Und: Du bist besser. Du toppst ihn. – Du hast mehr. Du kennst mehr. Du bist der King!
Du bist ihm immer einen Schritt voraus. Du weißt mehr als er. Schau immer auf deinen Klienten herunter! – Er liebt dich dafür! – Deswegen gibt er dir ja auch sein Geld.
Das Ganze ist nichts als ein einziger großer Bluff.

Du fragst dich, wie viele Klienten, die bei einem Broker anlegen, im Endeffekt wirklich so richtig viel Geld damit verdienen?
Ich würde sagen, die Latte liegt ungefähr bei 25 Prozent. Das sind Leute, die legen an, und die verdienen auch ordentlich. Dabei handelt es sich um Ein-, Zwei-, Drei-, Vier-, Fünf-Millionen-Dollar-Accounts. Und die landen alle bei drei großen Brokerage-Häusern: The Lehmann Brothers, Goldman Sachs und Merrill Lynch.
Das heißt: Als kleines Brokerage-Haus, das da geheißen hat: Abraham Goldberg & Associates introducing C.I.B.C. Oppenheimer in New York, hast du es nicht gerade leicht.
Wir haben die Oppenheimer Oppenheimer-Sachen verkauft. Das heißt Produkte von Oppenheimer. Tatsächlich haben wir natürlich nie Produkte von Oppenheimer verk-

auft. Wir haben einfach Konten in Amerika geöffnet. Der Kunde hat sein Geld auf ein Konto eingezahlt. Und wir haben mit dem Geld gearbeitet. Fertig.
Wir hatten nie ein Produkt von Oppenheimer. Wir haben keinen einzigen Fonds von Oppenheimer verkauft. – Warum auch? Was soll die ganze Scheiße?

Anfangs haben wir Klienten für Bear Stearns angeworben. Bear Stearns war auch eine große Nummer in New York. Die haben uns dann den Vertrag gekündigt, weil wir den Namen Bear Stearns verwendeten, ohne eine Genehmigung dafür zu haben. Wir haben nicht gesagt: Wir bringen Klienten im Auftrag von Bear Stearns. Wir haben gesagt: Wir sind Bear Stearns! – Eh klar, weil uns die Leute so viel interessierter zugehört haben. Ist natürlich schwer illegal.
Als Bear Stearns uns dann den Vertrag gekündigt hat, standen wir wie in einer schlechten Filmszene im Trading Office und jagten Dokumente durch den Schredder. Eines nach dem anderen. Wir vernichteten Trading Accounts, wir vernichteten Kundenkonten. Wir vernichteten Account-Histories.
Zu dritt standen wir als Hauptverantwortliche dort und schredderten kiloweise Dokumente. – Das war der Anfang.

Dann sind wir umgestiegen. Auf C.I.B.C. Oppenheimer. Das haben wir drei Jahre lang gemacht. Bis C.I.B.C. Oppenheimer draufgekommen sind, dass wir ihren Namen benützen.
Was haben wir gemacht? – Natürlich haben wir die C.I.B.C.-Oppenheimer-Dokumente geschreddert!
So ging das dahin.

Kennst du den Film Boiler Room? – Merk's dir! Schreib's dir auf! Schau ihn dir an! – Dann kennst du dich aus. Genau das haben wir gemacht.

Wir haben's gelebt. Wir haben's zelebriert. Wir haben den Leuten Aktien verkauft, aus denen sie nicht mehr rauskonnten. Aktien, die du kaufst, und die du fünf, sechs Jahre halten musst. Regulated Stock.
Du verkaufst den Kunden ein super Produkt. Ich hab den Kunden Produkte verkauft, die hat es nie gegeben. Aber: Sie haben bezahlt. Fertig.
Wir haben das Geld eingestrichen. – Und sie haben verloren. Aus. Client Dead. – New Client! Und: Wie bekomme ich einen neuen Account? – Durch neue Kundenaquirierung! Was sonst? Also: Vollgas! Telefonverkauf: Hardcore!
Du bist immer auf der Winner-Seite: Der Kunde unterschreibt ja in seinem Account-Opening, dass er dich nicht dafür verantwortlich machen kann, was mit seinem Geld passiert.

In Wien habe ich unter anderem den Habsburg-Account vertreten. Ich habe das Geld des alten Habsburg und das Geld seiner Tochter komplett angebaut. Die haben echt gekracht damals. Das war sogar in den Medien. Die haben bis zum Ende geschwiegen, wo sie das Geld verspielt haben. – Wir waren das! Ich war das!
Der alte Habsburg ist keuchend hinter mir gestanden. Der Markt hat rote Zahlen geschrieben. Hat 500 Punkte runter reduziert. Und der Vollidiot hat sich Optionsscheine nach oben gekauft. Der hat schwer geatmet. Hat fast einen Infarkt bekommen.
Kein Wunder.

Das Geld, das wir eingefahren haben, ist geparkt worden. Wir hatten Schwarzgeldkonten bei der BAWAG. – Nicht eines! Wir hatten fünf! Wir hatten sechs Schwarzgeldkonten bei der BAWAG! Das ist über eine Filiale im ersten Bezirk gelaufen, am Fleischmarkt. Die haben uns alle Kon-

ten angelegt, die wir gebraucht haben. Auf Pullman. – Das war unser General Manager. Tom Pullman.
Wir haben ein Konto auf seinen Namen angelegt. Ein Konto auf den Namen seiner Tochter. Mit dem Konto auf den Namen seiner Tochter haben wir den größten Segeljachthersteller der Welt um fünf, sechs Millionen geköpft. – Mit diesem Konto haben wir alles verschissen. Am Ende hatten wir 500 Dollar auf dem Konto. Von ein paar Millionen blieben gerade mal 500 Dollar übrig!
Pullman hat sich dann einen BMW genommen, ist nach London gefahren. Der hat den BMW nie bezahlt. Der fährt ihn sicher heute noch. Pullman ist seit damals in England untergetaucht.
Wir waren Kriminelle. Wir haben die Leute abgezockt.
Ich wollte immer Broker sein. Ich wollte bis zu dem Punkt Broker sein, an dem ich unterschreiben musste. An dem ich gezwungen wurde, zu unterschreiben. – Mit einer Pistole am Kopf. Gesellschaftsverträge, Abtretungsverträge, Provisionsverzichtsverträge …

1998, 1999 sind wir mit unserer Firma in ein finanzielles Tief geraten. Wir mussten uns Sponsoren suchen. Und die haben wir auch gefunden. – In Form der italienischen Mafia. Die hat dann in die Firma investiert. Die hat die Firma wieder aufgebaut. – Das Problem: Als stille Teilhaber waren sie gar nicht sehr still.
Am Ende haben wir dann die Verträge unterschrieben. Wie gesagt: mit der Pistole am Kopf.
Wir haben ihnen die Firma Prozent für Prozent übertragen. Vor die Wahl gestellt, zu sterben oder ihnen die Firma zu überlassen. – Was würdest du tun? – Natürlich haben wir unsere Prozente übertragen. Der gesamte Verdienst ging an die Italiener. – Arrivederci Wall Street! Das war der Anfang vom Ende.

Wie ich angefangen habe? Wie ich da reingekommen bin? Ursprünglich habe ich in Wien Euro-Pensionen vertickt. Ich habe stinknormale Pensionsvorsorgen verkauft. Das hat mir nicht gefallen. Das war nicht meines. Ich wollte weiter. Mehr erreichen. Mehr verdienen. Ich wollte in einer anderen Liga spielen. – Ich wollte die Welt kennenlernen. Die Firma, bei der ich damals angestellt war, gibt es heute noch. Und nicht nur das, sie ist auch in einen aktuellen Fall von mir verwickelt. In einen Fall, in dem wir gerade ermitteln. Die gibt es also heute noch.

Es gab Dinge in meinem Leben, von denen wusste ich immer schon, dass sie eines Tages passieren würden. Ich habe immer gewusst: Ich werde mehr Geld verdienen als alle anderen. Ich werde mal Broker.
Ich hatte keine Ahnung vom Broken. Aber: Ich wurde Broker. Und: Ich hatte tatsächlich immer mehr Geld als alle anderen. Hat sich erfüllt.
Zunächst hatte ich mich als Sekretär beworben. Als die aber draufkamen, dass ich perfektes amerikanisches Englisch spreche, haben sie gemeint: We have another Broker here!
Und: Sie haben mich aufgebaut.
Drei Stunden am Tag hatte ich Unterricht. Theorie. Acht, neun Stunden Praxis. Gleich am Telefon. – Das habe ich ein Jahr lang gemacht.
Am Ende des Jahres hatte ich schon alle Major Clients. Ich war einfach gut. Ich war ein Telefonverkaufsgenie. Ich habe am Telefon Sachen verkauft, die eigentlich unmöglich zu verkaufen waren. – Und so bin ich Broker geworden.
Von acht in der Früh bis zwölf am Abend habe ich gearbeitet. In der Nacht war ich immer auf Droge. Hab einen draufgemacht. – Da war ich sechzehn. Mein Antrieb war es, Erfolg zu haben. – Auf allen Linien.

Drei

Etwa zur selben Zeit verließ mich meine Freundin. Die hatte ich wirklich gern. Trotzdem habe ich sie immer nur betrogen. Mit gut zwei Dutzend Mädels habe ich sie betrogen. – Doch ich habe Katharina wirklich geliebt.
Aber: Ich war jung. Ich war geil. – Und: Ich war ein Arschloch. Es hat sich eben ergeben. Ich wollte meine Chance nutzen. Und ich wollte behalten, was ich hatte.
Was ich nicht realisiert habe, war: Wenn du die Chance nutzt, kannst du nicht behalten, was du hast. Weil du immer auf eine neue setzt. Wenn du immer auf eine neue setzt, verlierst du, was du hast.
Obwohl das so was von offensichtlich ist, war mir das damals nicht klar. Ich wusste das nicht. Ich wollte sie behalten. Aber ich konnte nicht anders handeln.
Ich wollte mir keine Möglichkeiten offenhalten. Ich wollte alle Möglichkeiten nutzen. Ich wollte alle haben. Und ich wollte nicht verlieren, was ich hatte. Ich wollte alles haben.
Ich wollte meine Freundin nie aufgeben. Sie war wirklich großartig. Eines Tages gestand ich ihr dann alles. In einer Badewannen-Session gestand ich ihr alles. – Das ging nicht gut aus.
Ich habe ihr gesagt: Die, die, die. Und die habe ich geschustert. Und alle die, die sie am wenigsten mochte, waren dabei. – Ich hatte sie alle gefickt.

Als ich das letzte Mal von ihr gehört habe, arbeitete sie gerade bei einem österreichischen Nachrichtenmagazin. Zu der Zeit ist ein bekannter Redakteur gestorben. Herzattacke, vor dem Bürogebäude. Sie ist bei ihm gesessen, hat ihm den Kopf gehalten. Er ist in ihren Armen gestorben. Das ist noch gar nicht so lange her.

Die Folgen für sie waren extrem. Sie ging nicht mehr aus der Wohnung. Totale Psychose. Panikattacken ohne Ende. Sie war in Behandlung. War total kaputt. – Die war immer clean. Hat in ihrem Leben nie Drogen angefasst …

Ich wollte immer ein internationales Leben führen. Ich wollte jeden Tag Jetset und den ganzen Scheiß. Ich wollte alles haben. Und um das zu kriegen, tat ich auch alles. Und dabei habe ich sie verspielt.

Kennengelernt habe ich sie, da war ich Kellner. Das war kurz nach meiner Zeit als Türsteher. Ich war Kellner in einem Lokal im Bermuda-Dreieck in Wien. Eines Tages fand dort ein Karaoke-Abend statt. Bei der Gelegenheit sah ich sie und verliebte mich sofort in sie. Ich wollte sie nicht mehr gehen lassen. – Von dem Augenblick an waren wir zusammen.

Aber alles, was ich tatsächlich war, konnte ich vor ihr nicht leben. Für sie war ich ein anderer. Für sie blieb ich immer der Kellner.

Auch, als ich das schon längst nicht mehr war.

Am 31. Dezember 1995 bin ich im Lokal umgefallen. Ich musste sofort ins Krankenhaus. Ich hatte eine schwere Entzündung. Einen Peritonsillarabszess. Eine Eiterung im Hals. Direkt neben den Mandeln. Das musste operiert werden. Ich hatte den ganzen Tag schon Schmerzen, aber es hieß: Entweder du arbeitest über Silvester. Oder du fliegst raus. – Also ging ich hin und versuchte zu arbeiten.

Als ich ein paar Tage später aus dem Spital kam, haben sie mich dann ohnehin hinausgeworfen.

Ich wusste nicht, was ich tun soll. War dann Straßenkehrer. Ein paar Wochen lang habe ich in Wien Straßen gekehrt. Im 15. Bezirk.

Ich hatte kein Geld. Nichts. Und bevor ich nichts tat, bin ich Straßen kehren gegangen. Vier, fünf Stunden am Tag.

Kurz darauf rutschte ich dann in die Euro-Pensions-Geschichte rein. Auf einem Wochenendseminar habe ich dann gleich zwei andere gefickt. In einer Nacht. – Ich bin von einem Zimmer zum nächsten. Ich war voll drauf und dachte: Yeah!
Ich habe einfach weitergemacht mit dem Scheiß.
Trotz allem: Sie war für mich damals meine Hauptfrau. Die anderen waren oft nicht mal One-Night-Stands. Das waren meistens nicht mal One-Minute-Stands.
Oft war meine Freundin sogar dabei. Wir sind zum Beispiel in eine Disco. Also beim Eingang rein. Runter an die Bar, und am Weg hinunter habe ich zu einer geilen Tussi gesagt: Was ist, ficken am Häusel? – Und die hat gesagt: Ja! – Und ich hab gesagt: In drei Minuten! – Bin wieder an die Bar, hab was bestellt. Hab zu meiner Freundin gesagt: Ich gehe kurz pinkeln. Hab die andere am Häusel geschustert. Bin wieder zurückgekommen. – Prost!

Die Sache mit Amanda hat damals alles überschattet. Sie war aus Schweden. Mit ihr hatte ich meinen ersten Sex. Und dann wurde sie schwanger. Sie war drei, vier Jahre älter als ich. Ihre Eltern flippten komplett aus. Kurz darauf ging die ganze Familie nach Schweden zurück. Der Vater arbeitete bei der Swedish Telecom. Sie bekam das Kind. Die Familie lebte dann in Schweden. Ich sah sie nie. Dann und wann bekam ich ein paar Fotos. – Von meiner Tochter.
Eines Tages bekam ich einen Anruf.
– Egal, was ich jetzt sage, wir möchten nicht, dass du glaubst, das wäre eine Einladung, nach Schweden zu kommen.
Es war Amandas Schwester.
– Wir wollen dich nicht sehen. – Du bist schuld an allem! … Amanda und Sofia sind tot …

Das Kind und Amanda waren tot. Ein Betrunkener ist ihnen reingefahren. Ins Auto, mit dem sie unterwegs waren. Auf der rechten Seite. Er hat sie umgebracht.
Obwohl ich nicht mehr mit Amanda zusammen war, hat dieses Ereignis meine Welt komplett zerstört.
Wir hatten das Kind nicht gemeinsam bekommen. Ich hatte mein Kind nie kennengelernt. Ich hatte nie mit den beiden gelebt. – Alles, was sich in meinen Alltag gebohrt hatte, war dieser eine Anruf. Der Anruf, in dem man mir mitteilte, was passiert war. Und, dass es angeblich meine Schuld gewesen wäre.
Die zwei fuhren von der Oma nachhause. Mit dem Auto. Und: Bumm! – Tot.
Sofia war gerade mal drei.
Das war schon in meiner Türsteherzeit. Als Türsteher bekam ich diesen Anruf. Das war natürlich irre. Ich dachte, ich wäre im falschen Film. Am Telefon versuchte ich noch gelassen zu bleiben. Danach brach ich zusammen. Ich heulte nur mehr. Und das als Türsteher!
Mein ganzes Weltbild hatte sich mit einem Mal verschoben.

Ich hatte immer gedacht, wir würden uns eines Tages wiedersehen. Ich hatte immer gedacht, es wäre nur eine Frage der Zeit. Ich habe Amanda Jahre danach noch geliebt. Ich habe sie immer vermisst.
Viele meiner Lieder sind aus diesem Schmerz entstanden. Erst viele Jahre später, mit Nina, bekam dieser Schmerz eine andere Qualität. Dieses kontinuierliche Leiden fand erst mit Nina ein Ende.
Ich konnte das Geschehene nicht verarbeiten. Deswegen betrog ich meine Freundinnen danach ständig.
Ich wollte diese eine Liebe wiederhaben. Dieses unschuldige, kindliche Verliebtsein.

Das hörte erst mit Nina auf. Nina zwang mich, über das Geschehene zu sprechen. Sie zwang mich, mein Schweigen, meinen stillen Schmerz zu beenden. – Ich hatte das alles verdrängt. Ich hatte es weggesteckt. Hatte nicht mehr darüber reden wollen.

Wenn im Fernsehen etwas über verletzte oder getötete Kinder kam, schaltete ich weg. – Das mache ich immer noch. Das mache ich heute noch.

Aber es ist nicht mehr so schlimm. Seit ich darüber reden kann, geht es mir besser. Ich habe bis heute nicht verstanden, warum es mir bessergeht, wenn ich darüber rede. Das habe ich nie verstanden. Eigentlich müsste einen das Darüber-Sprechen sofort wieder zurückwerfen. – Tut es aber nicht.

Ich habe nie verstanden, warum das so ist …

Ich war seither ein paarmal in Schweden. Nächstes Jahr im Sommer fahre ich wieder hin. Zum Fischen.

Ich denke oft an Amanda.

Früher hatten die Gefühle für Amanda noch die Kraft, mich zu beeinflussen. Heute sind es bloß noch Gedanken.

Wenn du in deinem Leben – egal, an welchem Punkt du stehst – denkst: Das kann ja nicht alles sein, dann hast du einen unzerstörbaren Willen zum Leben.

Neue Ufer kannst du nur dann erforschen, neue Horizonte nur dann erreichen, wenn du agierst. Du musst immer agieren. Und damit sage ich nicht, dass Angriff die beste Verteidigung wäre.

Egal, wie toll das ist, was ich gerade erlebe, egal, wie glücklich ich auch dabei bin: Ich werde immer weitersuchen.

Wenn ich für mich beschließe, dass der aktuelle Zustand nicht das Ultimative sein kann, werde ich immer weitersuchen. Nach Neuem Ausschau halten. Das schließt gewisse Faktoren in meinem Leben aus. Zum Beispiel Abhängigkeit. Ich werde nie von irgendeiner Droge abhängig

sein. In meinem Kopf spielt ein anderer Film. – Weißt du, was ich meine? Ich werde nie abhängig sein von einer Droge. Von keiner! – Niemals.
Ich habe Dinge für unmöglich gehalten. – Jeder, der mich heute kennt, weiß: Ich halte nichts mehr für unmöglich.

Ich bin überzeugt davon, dass niemand wirklich Freunde hat. Wir alle haben keine Freunde auf der Welt. Es gibt nur Mitstreiter. Mitbewerber. Und niemand weiß, wofür er sich eigentlich bewirbt. Aber wir bewerben uns. Alle.
Wir wollen alle besser sein als der andere. Wir wollen ein gutes Leben für uns. Und wir bedauern Leute, die nicht das haben, was wir haben.
Wenn es uns bessergeht, geben wir mehr. Wenn es uns schlechtergeht, geben wir weniger. – Uns geht es ja auch nicht so gut. Im Endeffekt aber tun wir alle das Gleiche: Wir treiben alle nach vorne. In der Hoffnung, die Zukunft brächte uns das große Los. Und alles würde besser werden. Eines Tages.
Weil wir als Menschen nicht bescheiden genug sind, spezialisieren wir uns darauf, andere Menschen in ihrem Streben auszunützen. Und wir verdienen gutes Geld mit dem Talent anderer.
Das gilt für alles im Leben. Egal, was du bist. Egal, was du tust.
Und wenn du Straßenkehrer bist. Dann möchtest du Oberstraßenkehrer werden. Dann ist das dein Ziel. Du hast keine Ahnung, was wirklich auf dieser Welt abgeht. Aber du möchtest unbedingt Oberstraßenkehrer werden.
Und wenn du Bürgermeister bist, möchtest du vielleicht irgendwann Landeshauptmann werden. – Wir wollen alle etwas erreichen. Wir befinden uns alle nur auf verschiedenen Ebenen des Erreichens.
Alles bewegt sich. Alles ist Energie.

Wenn ich sterbe, lebt meine Energie weiter. In welcher Form auch immer.
Ein Mensch, der Angst vor dem Sterben hat, redet sich ein, er komme als Mensch wieder. – Toll! Ist wirklich beruhigend! Ist ja auch das Beste, was uns passieren kann.
Einer, der weniger Angst hat, meint, wir kämen als Tiere wieder. – Auch schön!
Ein Dritter sagt, wir kämen als Einzeller wieder. Die Energie bleibt erhalten. Als Energie brauchst du nicht atmen. Das heißt: Du kannst genauso im Vakuum leben. Die Energie braucht nicht denken. Das heißt: Scheiß aufs Denken! Du bist reine Energie!
Ob ich auf diese Welt also als Energie zurückkomme, oder ob ich ins All geschossen werde und erkennen muss, dass das All, so wie wir es kennen, überhaupt nicht existiert, ist letztlich scheißegal. Energie bleibt Energie.
Die Leute haben keine Angst vor dem Sterben. Die Leute haben Angst, ihre menschlichen Bedürfnisse zu verlieren. Atmen. Essen. Trinken. Denken. Lieben. Die Menschen haben eigentlich nicht vor dem Sterben Angst.
Wenn du den Menschen plausibel erklären könntest, dass sie sterben und danach immer noch denken, essen und lieben werden, hätte keiner mehr Angst vor dem Sterben. Garantiert!
Die menschlichen Bedürfnisse wären ja alle gedeckt. Das Einzige, was für manche womöglich noch ein Thema wäre, ist, seine Liebsten zu verlieren. Aber im Endeffekt auch scheißegal. Wir sterben. Wir lieben. Wir essen. Wir denken. Aber erkläre den Menschen mal: Wir sterben. Und: Aus! Kein Denken, kein Lieben, kein Garnichts! – Nur Energie! Reine Energie.

Manche Menschen behaupten, das Bewusstsein würde nach dem Tod weiterleben. Und wenn wir sterben, wäre das Schlimmste, erkennen zu müssen, dass wir alle eins

sind. Und das Einzige, mit dem wir fertigwerden müssten, wenn wir sterben, wäre, fortan alleine zu sein. Weil wir ja alle eins sind. Und damit hätten wir ein Problem. – Wir würden also ewig einsam sein. Humbug! – All diese Theorien sind ausgemachter Schwachsinn.
Bewiesen ist: Wenn du stirbst, wirst du 21 Gramm leichter. Das ist nicht die Seele, Mann! Das ist einfach die ganze Energie, die geht. Alles, was dich leben und bewegen lässt, was dein Herz am Schlagen hält. All die Energie ist dann weg. Punkt. Klar, da wirst du schnell einmal um 21 Gramm leichter. Weil die Energie weg ist. Aber die Energie denkt nicht nach. Wenn die Energie nämlich nachdenken würde, würde sie bei einem klasse Typen wohl sagen: Der Kerl bringt's. – In dem bleib ich drinnen.
Bei mir würde sie das vielleicht nicht gerade denken. Aber bei irgendwem anderen. Bei jemandem, der unvorstellbar in Ordnung war. Überleg mal! Was für Leute schon gestorben sind, die echt geil waren! Die geil waren bis zum Ende! Deren Energie hat sicher nicht gesagt: Alter, ich schleich mich jetzt! Juhu! – Wenn die Energie denken könnte, hätte sie gesagt: Klasse, da bleibe ich! – Genial!
Kurz und gut: Die Energie denkt nicht. Sie nimmt keine Rücksicht. Sie liebt nicht. Sie hat keinerlei Emotion.
Es handelt sich nur um Energie. Die geht wohin auch immer. Ob sie hier bleibt oder den Planeten verlässt. Und ob es die Erde überhaupt noch gibt. – Scheißegal!
Die Energie wird weiterleben. Sie kann sich manifestieren, wie sie will.
Wir wissen ja, dass es positive und negative Energie gibt. Viele glauben an das Böse. Wenn ich glaube, dass es das Böse gibt, muss ich doch eigentlich zwangsläufig auch daran glauben, dass es das Gute gibt. Simple Dualismus-Scheiße. Positiv und negativ. Ying und Yang. – Ich jedenfalls glaube weder an das eine noch an das andere. Ich sage dir: Energie ist einfach Energie.

Du kannst nicht sagen: Ich wäre ein schlechter Mensch. Und deshalb ist meine Energie negativ. Ich bewege mich ja trotzdem so wie du. Du atmest und scheißt. – So wie ich. Du bist so wie ich. Und: Ob du 100.000 Leute umgebracht hast oder nicht, hat damit gar nichts zu tun. Es handelt sich nur um Energie. So oder so. – Das Resultat ist dasselbe. Egal, wie wir es wahrnehmen.

Ich kann nur an das glauben, was wirklich ist. Ich kann nicht an das glauben, von dem ich gerne hätte, dass es wirklich ist. Sicher: Es ginge mir besser, könnte ich an das glauben, was ich möglicherweise gerne glauben wollte. Was nichts an der Tatsache ändert, dass das, was passieren wird, passieren wird. Ich werde sterben. Meine Energie wird verschwinden.
Das ganze Nachher bleibt dem Glauben überlassen. – Und: Es ist scheißegal, was für ein Leben du führst.
Wenn du böse bist, und sie kriegen dich, sperren sie dich ein. Du verlierst einen signifikanten Teil deines Lebens. Wenn du mit neunzehn jemanden umbringst, sitzt du dein Leben lang.
Mit achtundneunzig Jahren stirbst du dann als alter Mann.
Du hast in deinem Leben nichts anderes kennengelernt als eine geschlossene Anstalt von innen. – Was verlierst du? Energie! – Scheißegal, was du vorher warst. Natürlich ist das traurig. Das ist sehr traurig. – Ich möchte viel lieber leben. Und Dinge erleben, bevor ich sterbe. Vielleicht werde ich weniger Kohle haben. Vielleicht werde ich mehr Kohle haben. – Ist ja egal. Ich möchte etwas erleben. Natürlich möchte ich das.
Aber: Wenn du stirbst, erinnert sich deine Energie nicht daran, was du erlebt hast. Egal, wie toll du auch warst, sie verlässt dich. Pfffft! Weg ist sie! – Offensichtlich erinnert

sie sich also nicht. Da waren wir schon. Energie ist Energie. Sie sucht es sich nicht aus.
Ist natürlich schlimm, wenn man als denkender, fühlender, liebender Mensch weiß, dass es irgendwann mal definitiv vorbei ist. Aber es ist realistischer, als zu sagen: Es gibt einen Himmel und eine Hölle. Einen Buddha oder irgendwen. Und siebentausend Götter, die für alles verantwortlich sind. Na, da begrüße ich doch das Konstrukt Energieform!
Stell dir vor: Ich sterbe und auf einmal stehe ich vor Pluto, einem durchgeknallten griechischen Gott. – Ich scheiß mich an!
Und wenn die Religionen auch alle stimmen mögen, sie können mich nicht für ewig verdammen. Und wohin auch? Und warum auch? – Ich hab ja nichts falsch gemacht. Ich habe ja auch nicht gesagt: Bitte, ich muss da unbedingt hin!
Hat mich vielleicht jemand gefragt: Kinsky, möchtest du auf die Erde? – Passt, gehen wir auf die Erde! – Hat ja niemand gesagt.
Der Sinn des Lebens liegt für mich in den Dingen, die ich erlebe. Alles, was ich erleben kann, erlebe ich auch.
Ich verstehe Leute nicht, die acht Stunden am Tag arbeiten. Nach Hause kommen. Sich vor den Fernseher setzen. Dann schlafen gehen. Und: Das machen sie ein Leben lang! – Das werde ich nie verstehen. Nie. – Was habe ich denn davon, wenn ich sterbe? Worauf soll ich zurückschauen? Woran soll ich mich erinnern? – Daran, dass ich zuhause gesessen habe, mit einem Bier in der einen Hand und einer Tüte Chips in der anderen? Na, toll!
Ich halte den christlichen Glauben für einen ziemlichen Schwachsinn. Die Christen sagen, es passieren Wunder. Und: Sie könnten es beweisen. – Gar nichts können sie beweisen. In dem Moment, wo die angeblichen Wunder passieren, findet einfach ein energetischer Prozess statt!

Klar kann ein Haufen Menschen einen Haufen Energie produzieren. Natürlich geht das. Es handelt sich ja nur um verschiedene Manifestationen von Energie.
Wenn ich heute am Stephansplatz stehe und brülle, laut genug und lange genug, dann werden irgendwann mal alle Touristen stehenbleiben. Und warum? – Energie! Ganz klar.
Falls es Himmel und Hölle doch geben sollte, werft mir bitte einen Feuerlöscher ins Grab! Just in case. In der Hölle muss ich einfach einen Feuerlöscher haben.

Ich lege Wert darauf, etwas für meine Nachwelt zu hinterlassen. Wenn mein Vater stirbt, hinterlässt er nichts Materielles. Aber er hinterlässt eine Ideologie. Und die möchte auch ich weitertragen. Meinen Nächsten hinterlassen.
Ich bin für jeden Menschen auf dieser Welt dankbar. Ohne den Einzelnen könnte die Welt, so wie wir sie kennen, nicht existieren. Ich finde es wichtig, der Welt etwas zu hinterlassen. Auch wenn es die Welt nach meinem Tod nicht mehr geben sollte. (Was mich, wenn ich tot bin, ohnehin nicht mehr interessiert.) Sollte es sie aber weiterhin geben, möchte ich etwas hinterlassen haben. Und wenn es auch nur eine einzige Idee war. – Das ist mir wichtig.
Wir Menschen sind, wie wir sind. Wir wollen glauben können. Und wir glauben gerne. – Wir sind leichtgläubig. Wir lieben es, an etwas zu glauben.
Niemand kann sagen, wir wären schlecht, weil wir glauben wollen, was wir glauben. – Wer sollte über uns urteilen? Wer, frage ich dich?
In der Bibel steht: Der Mensch wurde mit einem freien Willen geboren. Was für ein freier Wille? – Der freie Wille war: Glaub an mich! Und werde erlöst! – Glaub nicht an mich! Und ich verstoße dich! – Toll, so viel zum freien Willen.

Wirklich freier Wille heißt: Ich möchte nicht in dieses Puff hier gehen. Sondern in dieses dort. Und das ist okay. – Das ist freier Wille! Und damit hat sich die Religion für mich ziemlich erledigt. Weil: Wo bitte bleibt der freie Wille?

Vier

Du kennst die Geschichte der Taliban. – Im Moment passiert genau das Gleiche mit dem Kosovo. Das wird unterstützt. Das wird komplett gefördert von den USA. – Das heißt: Die kriegen die Ausbilder. Die Ausbildung. Die Waffen. Plus: das zusätzliche Equipment. – Die werden komplett aufgerüstet.
Und irgendwann werden sie größenwahnsinnig werden. Und sie werden angreifen. Das Problem ist: Die werden nicht nur Montenegro angreifen, sondern auch Mazedonien und Griechenland. Und spätestens dann haben wir ein Problem.
Europa steuert also auf einen Krieg zu. – Einen Krieg, in dem wir uns verteidigen werden müssen. – Das wird passieren. Das wird kommen. Das garantiere ich dir. Wir werden das erleben. Innerhalb der nächsten fünf Jahre werden wir das erleben …

Vor kurzem gab es einen Vorfall in Montenegro. Ein Montenegriner hat einen Streit mit einem Urlauber aus Kosovo-Albanien angefangen. Es ging um eine Sonnenliege. Auf dem Strand. Es gab ein Hin und Her. Da kam ein zweiter Montenegriner dazu. – Der Kosovo-Albaner ist abgezogen. Sieben Stunden später waren 2000 Kosovo-Albaner auf dem Strand. – Alle Kosovo-Albaner, die zu dieser Zeit Urlaub in Montenegro gemacht hatten.
Das war vor ein paar Wochen. 2000 Kosovo-Albaner! Montenegro schaffte es, 20 Polizisten an den Strand zu schicken. Die sollten für Ruhe sorgen. – Die 20 montenegrinischen Polizisten wurden von der johlenden Menge ausgezogen. Die waren splitternackt. Sogar die Unterhosen hatte man ihnen weggenommen. Die konnten froh sein, mit dem Leben davongekommen zu sein.

Das Kosovo wird sich zunächst Montenegro und Mazedonien krallen. – Ist ja alles muslimisch. Das ist alles vom Dschihad gesponsert. Das ist alles Dschihad.
Und wir sind gar nicht so weit weg davon. Alles südlich von Kroatien und Serbien-Montenegro ist muslimisch. Das ist klar. Dann werden sie Nordgriechenland für sich beanspruchen. Das ist auch muslimisch. Das Problem ist: Griechenland ist in der EU. Und die EU wird sagen: Fickt euch!
Allerdings verfügt die EU ja nicht über eine Armee. Was sollte die EU also tun? – Blauhelme schicken? Die UNO als Beobachter entsenden?
Natürlich befürworten die Amerikaner einen derartigen Konflikt.
Je schwächer die EU, desto besser für die amerikanische Wirtschaft. Die werden einen Krieg billigen. Ein Krieg stärkt die Amerikaner. Natürlich sind die Lobbys im Hintergrund wirtschaftlich orientiert. Wie in jedem Krieg, weltweit. Und ich sage dir: Innerhalb der nächsten fünf Jahre laufen wir in diesen Scheiß hinein.

Du fragst dich, was ich heute vor Ort in Serbien mache?
Ich bestimme die Lagebedingungen … Ich teile ein, wo im Fall der Fälle Leute stationiert werden müssen. Egal, wo in dem Land. Ich überlege, wo wir in Serbien Leute positionieren können. Falls das Kosovo Montenegro angreifen sollte.
Es gibt keinen Ort in Serbien, an dem man Truppen bewegen könnte, ohne dass es auffallen würde. – Ich kenne das Land.
Ich fahre mit einer Handycam durch Serbien und filme überall. Alles unter dem Vorwand, Spielautomaten aufzustellen. Und sie zu warten.

Egal, wie unglaublich es auch klingen mag. – So ist es. Das ist das Leben, Mann! Die wenigsten achten darauf. Wenn du aber mal dafür sensibilisiert bist, merkst du, wie beobachtet du tatsächlich bist. Vor allem, wenn du etwas zu sagen hast. Wenn du Macht besitzt. Wenn du einen gewissen Einfluss ausübst. – Die wissen alles über dich.
Die Typen, die an dir dran sind, wissen einen Scheißdreck über dich. Die haben bloß den Auftrag, dich zu beschatten.
Aber die, die hinter denen stehen – die erfahren, was sie wissen wollen. Bei denen laufen alle Informationen zusammen.
Du glaubst, es gibt so etwas wie Datenschutz? – Vergiss es!
Du glaubst, niemand beobachtet dich? – Jeder tut das!
Google Earth ist eine super Erfindung. Ich kenne die Google Earth Version, in der sich alles bewegt. Live! – Mit einem gewissen Code kannst du jeden beliebigen Punkt der Welt anklicken. Truppenbewegungen werden so festgestellt. Das kommt ja nicht von ungefähr …

Heute kriegst du ein Spam. Einen argen Roman. Irgendein Blabla. Der Empfänger tut einfach eine Schablone drüber und filtert die fünf Wörter raus, die wirklich wichtig sind. Das Ganze ist für dich bloß ein weiterer Spam. Du beachtest ihn gar nicht. Das ist ein Spam, den du gleich wieder löschst. – Irgendwer aber benutzt den gleichen Server wie du und unterhält sich gerade blendend.
Aufgrund der mir bekannten Codes wusste ich schon oft, wann und wo sich zwei Agenten treffen. Und: Die waren nicht mal in Österreich. Ist einfach über meinen Server gelaufen. Eben als Spam.
Das ist so sicher. Das ist so idiotensicher, dass du's über jeden x-beliebigen Server weltweit spielen kannst. – Weiß ja niemand. Rechnet ja keiner damit. Da landet eine Werbung für Viagra in deiner In-Box. Für dich ist es Junk. In

Wirklichkeit enthält sie die Koordinaten für den nächsten Raketeneinschlag. Im Nahen Osten. – Weiß ja keiner.
Ich erlebe das täglich. – Ist alles nicht wirklich überraschend. Nichts ist, wie es zu sein scheint.

Letzte Woche war ich auf der wahrscheinlich besten Observation meines Lebens. Wir waren am Stephansplatz. Haben den Chef einer fünfköpfigen Hehlerbande observiert. Wir haben ihn abgefilmt. – Das ganze Programm.
Er hat bloß einen Fehler gemacht. Einen einzigen! Er hat einen öffentlichen Platz gewählt. Einen Platz, an dem es von Touristen nur so wimmelt. Er hat sich unter Hunderten Chinesen, Russen, Italienern unangreifbar gefühlt. Natürlich waren alle Geheimdienste da. Und: Alle haben ihn gefilmt. Reine Routine. Happy Knipsing! – Das ist das Leben.
Der hat den Fehler gemacht, sich sicher zu fühlen. Doch wir waren alle dort. Wir haben das Bildmaterial, das wir brauchen. Perfekte Porträts.
Das Material wandert an die Chefs. Und schon hat man ein Gesicht zur Geschichte. Ein Bild zur Beschreibung. Du hast ein Profil.

Über jeden von uns gibt es eine Doktrin. Das ist wohl der Grund, warum der CIA heute überhaupt noch existiert. Die haben einfach den besten Zugang zu den Doktrinen. Die verkaufen sie natürlich sauteuer weiter. An alle anderen. Dadurch finanzieren sie sich.
Man kann nur Informationen verkaufen, wenn man auch welche einkaufen kann. Oder in anderer Weise an sie herankommt. Die Informationen müssen jedenfalls verfügbar sein, damit du im Geschäft bleibst.
Dem CIA gebe ich einen Namen, ein Geburtsdatum. Und ich kriege eine Akte. Eine Akte, in der die letzten

fünf Jahre lückenlos vermerkt sind. Plus Foto. – Egal, aus welchem Land.
Du musst niemand sein, um eine Akte zu bekommen. Eine Akte anzulegen kostet ja nichts. Die Auszubildenden werden darauf angesetzt. Die kriegen ein Flugticket bezahlt, kommen nach Österreich. Nach Deutschland. In die Schweiz. Und freuen sich über eine Städtereise nach Europa.
Wer weiß, vielleicht hast auch du schon eine Akte in Amerika. Das ist das Leben. – Aber keine Angst: Nicht jeder von uns ist auch wirklich interessant für die. – Dafür gibt es auch einfach zu viele von uns.

Die Informationen werden gesammelt. Was damit dann tatsächlich passiert, ist völlig irrelevant. Du bleibst ein Akt. Das kannst du dir vorstellen wie bei einer Computerdatei. Die bleibt ewig vorhanden. Du weißt gar nicht, dass sie überhaupt noch existiert. Sie stört dich auch nicht. Sie ändert nichts an deinem Alltag. Die ist wahrscheinlich in einem Systemprogramm gespeichert. Sie ist nichts wert. Aber sie ist da.
Einen Wert bekommt die Akte erst, wenn du zum Beispiel anfängst, kritisch über politisch relevante Themen zu schreiben.
Schreibst du in ein Buch hinein, dass die USA weltweit manipulativ operieren und dass du das nicht billigst, dann bist du garantiert länger dabei als andere. – Willkommen im Club!

Ich weiß, dass ich erfasst bin. – Kein Wunder, wenn du öfter als zweimal im Monat nach Serbien fährst.
Welcher normale Mensch fährt schon mehr als zweimal im Monat nach Serbien? – Warum auch? Um dort Urlaub zu machen? Mein Automatengeschäft? Die Betreuung der

aufgestellten Geräte? – Vergiss es! Viel zu geringes Einkommen! – Steht nicht dafür!
Es gibt keine Rechtfertigung dafür, warum ein Mensch, der ein normales Leben führt, ein Mensch, der über ein durchschnittliches Einkommen verfügt, plötzlich außergewöhnliche Dinge tun sollte. – Du wirst sofort registriert. Nicht nur von denen. – Von allen!

Hinter allem steht die Oligarchie. Eh klar. Leute mit Macht, die wirklich das Geld bewegen. Für egal welche Welt das auch immer sein mag. Das sind die, bei denen alle Informationen zusammenlaufen. Die haben alle Informationen, die sie brauchen. Die können sich auch jede nur erdenkliche Information beschaffen.
Ich selbst bin ja nicht groß im Geschäft. Ich tue nicht viel. Ich bin auch kein großer Bluffer.
Ich sehe mich eher als Macher, der dann blufft. Um zu verbergen, was er eigentlich macht. – Wie wenn ich eine Straße habe und ich bluffe, dass ich eine Straße habe. Keiner geht mit, weil alle glauben, ich könnte eine Straße haben. Am Ende denkt jeder, ich hätte geblufft. Aber ich hatte die Straße wirklich. – Das ist genau das, was ich mache. – Ich pokere.
Ich arbeite nicht in allen Bereichen. Das könnte ich mir A gar nicht leisten. B wäre das viel zu auffällig. Und C bin ich ja nicht der verdammte 007.
Ich habe eine ganz klare operative Aufgabe. Die habe ich zu erfüllen. Und fertig!
Ich bewege mich in verschiedenen Hauptsektoren. Dadurch dass ich in verschiedenen Szenen unterwegs bin, weiß ich natürlich mehr, als mich tatsächlich angeht. Ich bin zum Beispiel im Bereich Rotlichtmilieu. Aber: Da geht es ja nicht nur um Rotlicht. Da geht es um viel mehr. Ich bewege mich auch bei den Drogen. Also SMG. Suchtmittelgesetz. Da bin ich überall aktiv. In Österreich,

Deutschland und auch in Serbien. Nicht, weil ich nach Drogen Ausschau halte. – Fünf Kilo Kokain interessieren mich nicht. Auch hier bewegt sich viel mehr als nur die Drogen selbst …
Ein wichtiger Fokus liegt auf Hehlerei. In Bezug auf das organisierte Verbrechen. – Jemand, der im Monat fünf Tonnen gestohlene Ersatzteile transportiert, kann im Monat auch fünf Tonnen gestohlene Waffen transportieren. Oder fünf Tonnen gestohlene Tomaten und 500 Kilo Waffen.
500 Kilogramm Waffen, das entspricht einer Anzahl von, sagen wir mal, 300 Schnellfeuerwaffen. Wenn er die im Monat schmuggelt, hat er im Jahr sechs Tonnen. – Und sechs Tonnen: Das ist interessant!

In Ländern der ehemaligen Sowjetunion gibt es Militärsperrgebiete. Da lagern scharfe Waffen. Da kannst du hingehen. Und dich bedienen. Da gibt es TNT, da findest du Sprengköpfe, Maschinengewehre, Handfeuer-, Kurzfeuer-, Langfeuerwaffen. – Alles, was das Herz begehrt. Das Zeug liegt dort einfach herum. Das wird von einer Handvoll unmotivierter Soldaten bewacht.
Du nimmst dir ein paar Raketenwerfer und verschiffst sie. Alles nicht wirklich ein Problem.
Das Einzige, was du brauchst, ist die richtige Information. Den Wink, wo genau das Waffenlager liegt. Dann fährst du mit fünf LKWs hin und holst deine Ladung ab. Fertig!
Da fragt keiner, wer du bist und warum du sie abholst.
Ich fahr einfach hin und hol sie mir ab. – Ich muss nur noch über die Grenze.
Und das ist ganz leicht in einem Land, in dem das Durchschnittseinkommen bei 60 Euro liegt. Dem Grenzbeamten zahlst du 7.000 Euro. – Und der ist auf einmal reich dort.

Wir zahlen dem weit weniger, wir wissen ja, was er verdient. Ich gebe dem 300 Euro. – Er hat dann zwar nicht die große Kohle gemacht. Aber besser als nichts. Und: Er lässt mich durch. Ich fahr nach Serbien damit. Oder ins Kosovo. Oder nach Bosnien. Dort wird weiterverkauft. Ist allerbeste Ware. Ist ja noch scharf.

Hast du Lord Of War gesehen? Mit Nicholas Cage? – Ist gar nicht mal so schlecht, der Film! Sehr passend. Von der Art und Weise, wie verschifft wird, wie der Deal durchgezogen wird: komplett realistisch. Nur, und das mag für manche vielleicht ein wenig desillusionierend sein: Es gibt keine Federal Agents, die dich um die Welt jagen. Es gibt keine Agenten, die auf einmal auf deinem Schiff aufkreuzen, dich zur Rede stellen und festnehmen. – Die gibt es nur im Film.
In Wirklichkeit nehme ich einen Tanker, lade 500 Tonnen Waffen und fahre in ein anderes Land. – Einfach so. Und wenn einer Fragen stellt, zahle ich ihm einen bestimmten Betrag. Genug, dass er sich ein Leben lang anscheißt.
Du und ich, wir können, wenn wir uns anstrengen 1.500 – 2.000 Euro im Monat verdienen. – Richtig? Vielleicht auch mehr. Wenn wir Glück haben, dann sind es vielleicht 10.000. Eine Zeit lang. – Aber das ist auch schon die Obergrenze. Mehr geht nicht.
Du und ich, wir sind jetzt Grenzbeamte an der bolivianischen Grenze. Und wir verdienen im Monat 70 Euro. Damit erhalten wir die ganze Familie. Und wir gehören zur oberen Liga. – Na hör mal, da unten!
Da kommt einer mit einem Schiff und sagt: Schaut einfach weg, wir fahren jetzt vorbei. Wir geben euch 700.000 Dollar in eurer eigenen Währung. – In gebrauchten Scheinen …

Sagst du nein? – Ich sage: Gib mir das Geld! – Ich gehe mal rasch Zigaretten holen. Ich hab jedenfalls nichts gesehen …
So funktioniert das Geschäft. Money makes the world go round. – Was auch immer du tust: Je mehr du besitzt, desto mehr verdienst du. Je weniger du besitzt, desto weniger verdienst du. Arm, ärmer. Reich, reicher. Mittelstand? Vergiss es, Mann!

Serbien, das kleine Land Serbien, kontrolliert heute den Drogenmarkt in ganz Europa. Und nicht nur den Drogenmarkt, sondern so einige andere Märkte auch noch. Über viele Wege.
In Europa gibt es kein Kokain mehr, das nicht durch Serbien läuft. Oder von Serben importiert wird.
Die Serben mögen die Albaner nicht. Das ist bekannt. Die Serben sind gegen die Albaner. Die Türken mögen die Albaner auch nicht. Das hat mit dem Islamismus zu tun. Die Serben haben sich in Deutschland mit den Türken zusammengetan. Gegen die Albaner. – Was so viel heißt wie: Houston, wir haben ein Problem!

Ich bin kein Rassist. Meine Frau Valerija ist Serbin. Ich teile mein Leben mit ihr. Ich teile mein Leben mit einer Ausländerin. – Soweit es eben gut für sie ist.
Ich bin kein Rassist. Ich hasse jede Form von Fanatismus. Ich hasse jede Ideologie, die sich auf fanatische Art und Weise in mein friedliches Leben einmischt.
Mir jedenfalls kannst du so richtig auf den Geist gehen, wenn du mit irgendeiner radikalen Idee auftauchst. Verkleidet als Ultra-Österreicher. Als Ultra-Europäer …
Der Durchschnittsösterreicher ist glücklich mit seiner Wohnung in der Stadt. Und seinem Haus auf dem Land. Das muss nicht mal toll sein. Da handelt es sich vielleicht um eine Drei-Zimmer-Wohnung. In einem abge-

wohnten Wohnblock. Und um eine Holzhütte am Land. Mit Plumpsklo. – Egal. Die Leute lieben ihr Zuhause. Die Österreicher wollen leben, wie sie leben. Und: Sie wollen als Österreicher sterben. – Mehr wollen die gar nicht. Die Österreicher haben keine großen Ansprüche.

Ich bin froh darüber, in Österreich zu leben. – Wenn wir heute im Libanon wären, würden wir uns freuen, eine Plastiktüte zu finden. Eine Plastiktüte, in die wir Spray hineinsprühen könnten. Um uns zuzudröhnen. – Ohne Tüte kein Zudröhnen!

Fünf

Die breite Masse denkt: Wow, was für ein toller Actionberuf! Da geht es ja voll ab! Wie in einem Mafiafilm. Genial!
Was in Filmen und Dokumentationen und der Medienberichterstattung im Allgemeinen zu kurz kommt oder zur Gänze ausgeblendet wird, ist die Angst. Die Angst, mit der die Leute leben, die den Job machen. Und die Angst, mit der die Leute leben, die sich entschließen, auszupacken.
Die Welt weiß heute, was ein Geheimdienst ist. Sie weiß, was ein Nachrichtendienst ist, und was ein verdeckter Ermittler macht. Was ein Informant ist, brauchst du heute niemandem mehr zu erklären. Das checkst du als Sechsjähriger. Wird ja alles gezeigt. Das ist hinlänglich bekannt. Und: Es ist längst zu einem einzigen Klischee verkommen.
Was aber nicht gezeigt wird, ist die Angst. Die Angst, in der diese Menschen dort draußen ständig leben.
Mich zum Beispiel findest du nur ganz selten außerhalb des achten Bezirks. – Weil ich Angst habe. Ich habe Angst, den Bezirk, in dem ich wohne, zu verlassen.
Ich gehe nur aus dienstlichen Gründen anderswohin. Ich schirme meinen Bezirk wie mein Zuhause ab. Ich zeige den Leuten nicht, wo ich wohne. Ich lasse sie meine Koordinaten nicht wissen.
Die Angst ist wesentlicher Bestandteil meines Alltags. Sie prägt mein Leben.

Der Grund, warum ich dir meine Geschichten anvertraue, ist einfach: um dann endlich schweigen zu können. Und: Ich erzähle sie lieber dir als irgendeinem beschissenen Baum.
Das kannst du mir glauben …

Jeder Mensch will sprechen. Jeder Mensch möchte über seine innersten Ängste reden. Jeder Mensch möchte sich mitteilen.
Kriminelle verraten sich oft nur deshalb, weil sie sich mitteilen wollen. Weil sie ihre Geschichte mit jemandem teilen müssen. Dasselbe gilt natürlich für verdeckte Leute und Nachrichtendienstler. – Die wollen reden. Die müssen reden. Und da fangen meistens die wirklichen Probleme erst an …

Agenten können nur bis zu einem bestimmten Punkt geschützt werden. Dann geht nichts mehr. Und öfter, als es dir recht ist, bist du alleine. Auf dich gestellt. Und wenn du auffliegst, wirst du sofort fallengelassen.
Rehabilitation gibt es nicht. Wenn es aus ist, ist es aus. Abgeschossen bist du für immer. Vorbei ist vorbei.
Wenn du aus einer Institution draußen bist, kommst du nie wieder rein. – Es gibt kein Zurück.

Du lebst nicht nur in Angst vor den Leuten, gegen die du kämpfst. Du lebst auch in Angst vor den eigenen Leuten. Weil es immer in einer Sache zu brodeln anfangen kann. Und wenn du zu einem gewissen Zeitpunkt damit zu tun hattest, bist du auf einmal das Zielobjekt. – Und sie wollen dich ausschalten.
Und plötzlich hast du einen Autounfall. – Das ist keine bescheuerte Hollywood-Fantasie. Das gibt es wirklich!
Oder du gehst, und dir fällt aus dem Nichts etwas auf den Kopf. Fertig! Du hast einen Unfall gehabt. – Aus. Das war's!

Du lebst in ständiger Angst. Nicht nur vor den Leuten, gegen die du ermittelst, oder die du aus dem Verkehr ziehen möchtest. Du lebst in Angst vor den eigenen Reihen. Jederzeit könnte dich einer anschwärzen. Auf einmal bist

du mitten drinnen. In einer Verschwörung. Irgendeiner schiebt dir etwas unter. Und: Sie haben dich am Arsch. Einer sagt, du hättest ihm Koks abgekauft. – Schon lange vor Beginn der Operation. Und du sitzt bis zum Hals in der Scheiße. Dass du unschuldig bist, interessiert doch keinen.
Du lebst ständig in Angst. – Du wachst in der Früh auf und weißt drei Dinge nie:

1. Überlebe ich den Tag?
2. Verliere ich meine Arbeit?
3. Wechsle ich die Seite?

Du gehst einen geraden Weg. Und du hast ständig die Möglichkeit, umzuschwenken. Eine andere Richtung einzuschlagen. – Ist ja auch viel lukrativer!
Ich verdiene 1.500 Euro im Monat. Bin gepfändet. Habe 80.000 Euro Schulden. Mit einem Deal könnte ich nicht nur meine Schulden auf einen Schlag los sein. Ich könnte zusätzlich noch locker 600.000 Euro in der Tasche haben. Ich hätte ausgesorgt. – Und müsste womöglich nur einmal kurz wohin fliegen. – Jemandem einen kleinen Gefallen tun …
Du lebst natürlich unter diesem Druck in Extremen. Alle wissen, was du tust. Du gibst immer eine potentielle Zielscheibe ab. Für alle.
Für jeden Scheiß kannst du verantwortlich gemacht werden. Egal, was passiert: Du hast die falsche Entscheidung getroffen. Du bist letztlich selber schuld. – An allem.

Es gibt eine Person, vor der habe ich Angst. Vor der habe ich extreme Angst. Die lebt in derselben Stadt wie ich. In Wien.
Oft denke ich, wie es wohl wäre, bei dem einen Tracer einzubauen. Und bei mir. Und dann nach einem Jahr zu schauen, wo wir einander über den Weg gelaufen sind.

Ohne es zu wissen. Wie oft wir unmittelbar nebeneinander gesessen sind, ohne es überhaupt bemerkt zu haben.
Der Typ könnte jederzeit auftauchen. Wenn ich dem unter die Finger komme, und ich bin nicht bewaffnet, bin ich erledigt. Das könnte jederzeit passieren. Wien ist ja auch nur eine Stadt. Irgendwann läuft man sich da zwangsläufig über den Weg.
Ich bin diesem Typen nur deshalb noch nicht begegnet, weil ich nicht mehr ausgehe. Weil ich Bars oder Clubs meide. Weil ich mich zurückgezogen habe. – Der Besuch meines Stammlokals auf der Josefstädterstraße ist schon das Höchste der Gefühle.
Ich halte mich mittlerweile im Ausland lieber auf als in meiner eigenen Stadt.
Für meine Freundin ist es nicht leicht, mit dieser Situation klarzukommen. Valerija kann mit mir kein normales Leben führen. Miteinander ausgehen, das spielt's nicht so einfach. Die Angst begleitet uns überallhin.
Wenn wir gemeinsam ins Kino gehen, dann nur bewaffnet. Und: Immer habe ich Angst. Du begibst dich in eine Menschenmenge. Die kannst du nicht überschauen. Unmöglich. Du hast einfach keinen Überblick dort. Du kannst nur Popcorn kaufen. Schnell in den dunklen Saal rein. Und hoffen, dass dich niemand gesehen hat. Hoffen, dass du niemandem begegnen wirst.
Ich bin immer nervös. Ich bin immer in Alarmbereitschaft. Rechne immer mit dem plötzlich Möglichen, mit dem nur scheinbar Unerwarteten. – Ist ja logisch.

Ich trinke viel. Aber: Ich trinke selten alleine. Außer ich bin einsam. Oder depressiv. Dann trinke ich schon mal allein. Mit dem Ziel, alleine betrunken zu werden. Ich trinke nicht in die Sinnlosigkeit hinein. Ich trinke mit dem Bewusstsein, mich selbst zu betrinken. Und das genieße ich. Oft schreibe ich in dem Zustand Lieder. Oder ich

höre Musik. Mache andere Dinge. Alleine. – Das mache ich gerne.
Wenn ich Drogen kaufen könnte, wie bei einem Zigarettenautomaten, wäre ich wahrscheinlich ständig drauf. Aber weil ich nicht der Typ bin, der jemanden anruft, um Drogen aufzustellen – und das bin ich einfach wirklich nicht –, nehme ich keine.
Früher war das anders. Da war ich ständig unterwegs. Hatte die Connections. Ich brauchte nicht mal anrufen. Die Leute haben sich bei mir gerührt. Wollten mir was verkaufen. Und deshalb war ich ständig drauf. Heute würde ich einzig und allein was nehmen, weil mir langweilig ist. Weil mir wirklich langweilig ist.
Wenn ich heute zum Beispiel in Serbien sitze, und mir ist so richtig scheißlangweilig. – Bei fünf, sechs Bier vergeht vielleicht eine Stunde. Und mir ist immer noch langweilig. Dann kann ich mir schon vorstellen, zu was anderem zu greifen …

Ich vertrage mehr als die meisten Leute. Für mich ist es überhaupt kein Problem, mit dir sieben Bier zu trinken. Und trotzdem bei vollem Bewusstsein zu bleiben. Klar zu sein. Du glaubst, ich bin auf deinem Level. Dabei bin ich voll da. Das ist eine Sache, die ich mir angeeignet habe. Über die Jahre habe ich mir die antrainiert. Das ist überlebenswichtig für mich.
Wenn wir fortgehen, und wir saufen bis vier Uhr früh. Und auf einmal taucht irgendwer auf. – Wer von uns wird reagieren können? – Du sicher nicht. Du kennst das ja nicht. Weißt gar nicht, was da abgeht. Du rechnest nicht damit. – Das darf nicht passieren. Das heißt: Ich denke immer mit. – Für den neben mir. Vor mir. Hinter mir. Ich denke immer für die anderen mit. Weil ich ja im Endeffekt schuld wäre, wenn tatsächlich etwas passieren würde.

Alle Augen sind auf mich gerichtet. Aber: Meine Augen sind überall! – Das ist mein ganz alltägliches Credo. – So lebe ich.
Wenn ich Auto fahre, fahre ich nicht nur für mich. Ich fahre für den, der vor mir fährt, und für den, der hinter mir fährt. Ich fahre für alle mit.

Du wirst nie erleben, dass ich bei einer roten Ampel unmittelbar hinter einem Auto zum Stillstand komme. Dass ich eingekeilt wäre, nicht mehr rauskönnte. Das wirst du nie erleben. Ich halte immer Abstand. Ich habe mein Auto immer in einer Position, in der ich manövrierfähig bleibe. Ich kenne keine Hemmungen. Falls ich mal eingeklemmt sein sollte, ramme ich mir den Weg frei. – Das ist mir egal. Da kenne ich nichts. – Mit den etwaigen Konsequenzen befasse ich mich später. Zunächst gilt es, Aktionen zu setzen.

Wien ist eine friedliche Stadt. In einem friedlichen Land. Du gehst gar nicht davon aus, dass etwas passieren könnte. Weil du's nicht kennst. Du hast es nie erlebt.
Ich war immer ein Mensch, der geglaubt hat, alles sei möglich. Es gibt alles. Das wusste ich. Ich wusste aber nicht, wo es das gibt. Wie man das macht. Und wie man da hineinkommt. Wie kommt man überhaupt in eine Szene rein?
Das sind tatsächlich Dinge, die du nicht im Unterricht lernst. Die bringt man dir in keiner Schule bei. Dafür gibt es keine Lehrer. Das sagt dir kein Vorgesetzter. – Das musst du für dich selbst entdecken. Du musst für dich entscheiden. Es gibt nur einen Zugang. – Deinen! – Keiner kann dir das je beibringen.
In Wien wechselt pro Tag Kokain im Wert von einer Million Euro die Hände. Jeden Tag! – Das würde dir nie auffallen.

Und wenn du dann mal wen aushebst, kriegst du nur Ärger. Wir haben vor drei Monaten einen Hehlerring gesprengt. Das war ein großes Ding. Und: Weil ich meine Informanten schützen wollte, habe ich als Hauptzeuge ausgesagt.
Was jetzt natürlich heißt: Hier bin ich! – Hallo! Schau mir in die Augen, du Penner! – Das ist das Gesicht zum Arschloch, das deine Kumpels hopsgenommen hat!
Das waren Typen aus Ex-Jugoslawien. Die kennen mich jetzt. Die gesamte Family war da. Der ganze Clan. Da waren 30 bis 40 Angehörige vor Gericht dabei.
Und der Clou: Einer von denen wohnt in meiner Nachbarschaft. Bingo! Der ist schon zweimal vor meiner Tür gestanden. – Besuch, auf den ich gerne verzichten kann. Das war der tödlichste Fehler, den ich jemals machen konnte. Der wohnt quasi ums Eck! – Der weiß, wer ich bin!

Mein Bezirk ist schon längst nicht mehr meine Festung. Ich möchte aber daran glauben können, noch einen letzten Rest von Sicherheit zu haben. Sonst müsste ich mich zuhause einsperren. Könnte bloß noch in den eigenen vier Wänden abhängen. Die ganze Zeit. Aber nicht einmal in meinem Wohnzimmer vor dem Fernsehapparat wäre ich wirklich in Sicherheit.
Wenn du anfängst, dich zu verkriechen, ist es schon vorbei. Da hast du schon verloren. – Weißt du, was ich meine? Dann haben sie dich bei den Eiern.

Ich war immer ein Mensch, der sehr viel Glück hatte. Astrologisch gesehen, unterliegt mein Schicksal dem Jupiter. Der ist ja bekannterweise der Glücksplanet. Und: Er begleitet mich. Durch mein ganzes Leben.
Und es stimmt. Ich hatte immer Glück. Bin immer auf die Butterseite gefallen. Ich hatte es nie schlecht. Mir ging

es nie wirklich dreckig. Und wenn es mir mal dreckig ging, habe ich es immer irgendwie überlebt. Also ging es mir nie wirklich absolut dreckig. – Sicher, ich war ganz unten. Habe im Auto gelebt und so. Ist alles schon mal da gewesen. – Aber ich hatte immer Glück. – Da gibt es nichts.

Was mich wirklich glücklich macht, ist die Musik. Die bedeutet mir sehr viel. Ich bin auch Musiker. Spiele Gitarre. Schreibe meine eigenen Songs. Schon lange. – Ich bin eine richtige Rampensau. Ich liebe es, meine Musik zu machen. Live zu spielen. Zu performen. – Was für mich aber nicht, wie für andere, bedeutet, einfach auf die Bühne zu gehen, und mein Ding zu machen.
Ich muss mir genau anschauen, wo ich spiele. – Wie sieht das Publikum aus? Wie setzt es sich zusammen? – Ich könnte beispielsweise nie in einem Nachtclub spielen. Zu gefährlich. Ich muss mir ständig überlegen, wo ich hingehe.
Ich schaffe es. Ich traue mich. Ich gehe einfach raus. Weil ich einfach davon ausgehen möchte, dass mir nichts passiert. Sonst könnte ich das Haus gar nicht mehr verlassen. Ich muss einfach raus. – Es geht nicht anders.
Ich würde gerne große Konzerte spielen. Aber selbst wenn das Publikum käme und ich ein Stadion rocken würde. Ich würde es wohl nicht lange überleben. Weißt du, was ich meine? Was bringt es dir, wenn du 60.000 Fans anheizen kannst, aber noch vor der ersten Zugabe tot bist?
Es gibt einfach ein paar Leute zu viel, die sich freuen würden, mich so auf dem Präsentierteller serviert zu bekommen.
Ich bin ausgebrannt, bevor ich überhaupt angefangen habe, Mann! Ich habe noch nicht einmal richtig losgelegt und trage schon ein TILT am Rücken. Einen Schwarzen Peter. Lebenslang.

Auch wenn ich mich mit dem Gedanken nur ungern anfreunden kann, egal, was ich in Zukunft mache: Ich werde nicht in der Öffentlichkeit stehen können.
Du fragst dich, warum ich dabei bleibe? Warum ich die Scheiße nicht schon längst hinter mir gelassen habe? – Ich liebe, was ich tue. Punkt. Ich bin 28 und ich kann nichts anderes. Was sollte ich auch tun? Soll ich etwa auf den Bau gehen? Zu McDonald's? – Ich? Ich kann das ja gar nicht. Ich könnte das nicht. Das erfüllt mich doch nicht.
Da mache ich schon lieber den Job, den ich habe. Und lebe mit der Angst.
Etwas, das mir Sicherheit verspricht? Mich bloß über die Runden bringt? – Das wäre nichts für mich!
Die Angst ist mein Motor. Die Angst kannte ich schon als Börsenmakler. – Damals habe ich sie mit Drogen runtergespült.
Eigenartigerweise hatte ich mein Leben lang panische Angst vor dem Gesetz. Und vor dem Gefängnis.
Wenn sie mich einsperren, bringe ich mich um. Das schaffe ich nicht. Das überlebe ich nicht. Ich bin ein Freigeist. Wenn du mich einsperrst, kann ich das nicht überleben.

Wenn du da einmal drinnen bist, kommst du nicht mehr raus.
Es gibt neue Identitäten für Operationen. Aber für ein Zeugenschutzprogramm musst du nach Amerika gehen. Das will ich auch gar nicht. Das würde ich nicht wollen. Sei doch mal ich! Dann möchtest du kein anderer sein. Und das gilt sicher nicht nur für mich. Warum solltest du auf einmal ein anderer sein wollen? Da sterbe ich schon lieber als der, der ich bin.
Du musst ja alles aufgeben. Alles ändern. Du führst ein völlig neues Leben. Bist eine komplett andere Person. Nur so kannst du den Schutz auch genießen.

Du kannst es dir nicht aussuchen. Du kriegst, was frei ist. Du kannst nicht einfach in die Karibik, um eine Tauchschule zu eröffnen. Du kriegst eine Identität zugeordnet. Und wenn du Pech hast, kriegst du sogar eine in derselben Stadt. Im selben Bezirk. Womöglich noch im achten! Nein, danke! Da brauch ich ja keine neue Identität!
Man muss auf jeden Fall das Land verlassen. – Das ist für mich keine Option.
Außerdem: Wer bin ich schon? Ich bin ja bloß ein kleiner Fisch. Ich kenne Leute, die sind viel tiefer drinnen im ganzen Geschehen. Wie die das machen, ist mir selbst ein Rätsel. Ich kenne viele, die verdeckt arbeiten. Was die erleben, ist teilweise unfassbar.
Ich habe weniger Angst, wenn ich alleine unterwegs bin, als wenn ich mit Valerija unterwegs bin. Oder mit meiner Familie.
Ich glaube, keiner weiß, dass meine Familie überhaupt existiert. Man würde die Zusammenhänge auch nie finden. Meine Familie hat einen anderen Familiennamen angenommen. Nur mein Vater heißt Kinsky. – Der ist Schauspieler. Aber aus dem kriegst du nichts raus. Nicht, weil er so verdammt gut spielt. – Weil er einfach nichts weiß …

Ich habe eine Meldesperre. Über mich bekommst du offiziell also keine Auskunft. Solltest du etwas über Informanten herausfinden, landest du an einer falschen Adresse. – Eine Schutzmaßnahme.
Als sie mir damals die Meldesperre angelegt haben, war ich gerade obdachlos. Auf dem Amt haben sie überhaupt nicht verstanden, warum es für einen Obdachlosen eine Meldesperre geben sollte. War gar nicht so leicht, denen klarzumachen, dass es nicht meinetwegen ist. Sondern zum Schutz meiner Familie.
Was man in meinem Job tut, ist: Du baust einen Schutzwall um Leute, die davon gar nichts ahnen. Die bekom-

men es gar nicht mit. Du schützt alle, die mit dir zu tun haben. In alle Richtungen. – Ich habe nicht viele Freunde. Das sind vielleicht fünf Leute. Und die wissen nicht genau, was ich mache.
Wenn jemand zu viel über mich weiß, so kann das für ihn unangenehm werden. – Und für mich tödlich sein.

Ich weiß, wie ich mit Folter umgehen muss. Das klingt jetzt vielleicht makaber. Aber ich weiß, wie ich damit umzugehen habe. Ich weiß, wie weit Folter geht. Bevor sie aufgeben. Und: Ich weiß, wann sie aufgegeben haben. Ich habe eine Form der Folter erlebt. Und ich weiß, wann sie aufhören. Wann sie aufgeben. Wann sie verzweifeln an dir. In einer Situation, in der man eine Information von dir will, muss deine Konzentration auf einem einzigen Punkt liegen. Egal, was man dir antut. Sie muss auf den Moment fokussiert sein, an dem sie aufgeben. An dem sich das Blatt wendet. Und nur dafür lebst du. Du konzentrierst dich auf nichts anderes als auf diesen Zeitpunkt. Und wenn du merkst: Der schreit dich auf einmal an. – Sehr gutes Zeichen!
Wenn er aus der Fassung gerät, ist er bereits verzweifelt. Du lebst nur auf gewisse Punkte hin, von denen du weißt: Egal wann, aber sie müssen kommen.
Natürlich blendest du total aus, dass sie dich danach auch beseitigen könnten. – Du lebst nur mehr dafür, nichts zu verraten. Und je mehr es wehtut, desto besser. – Desto näher rückt auch der Zeitpunkt des Endes.

In Österreich ist Folter in der Regel kein Thema. – Wo du hingegen damit rechnen musst, und wo ich immer davon ausgehe, das ist Serbien. Das ist Bulgarien. – Da musst du auf der Hut sein. Wenn sie dich dort schnappen und für einen Spion halten, dann verschwindest du schnell mal für immer. Auf Nimmerwiedersehen.

Internationale Kollegen? Vergiss es! Die gibt es nicht. Im Gegenteil. Wenn du als Außenstehender mit einer Agentur zusammenarbeitest, dann nur deshalb, weil du etwas weißt, was sie nicht wissen. Die wollen nur das haben, was du ihnen voraushast.
Wir haben kürzlich in Serbien jemanden aufgespürt, der hat in Amerika 44 Millionen Dollar geklaut. Und ist dann untergetaucht. – Wir haben ihn gefunden.
Das FBI hat natürlich Interesse an dem Typen. Die würden aber viel mehr Kohle springen lassen, wenn er in Amerika wäre. Wenn ich sagen könnte: Er versteckt sich in Florida, hieße das 250.000 Dollar.
Wenn ich aber sage: Er steckt in Belgrad. Wir können ihn für sie hopsnehmen. Und über die Grenze führen. Dann kriegen wir gerade mal 5.000. – Das sind ja keine Relationen!
Also kriegen sie ihn nicht. – Das FBI hätte in dieser Sache gern mein Wissen. Und: Ich behalte es für mich.

Österreich hat in jedem Land Attachés. Das sind Verbindungsbeamte. Beamte, die als Polizisten arbeiten und als V-Männer dienen. Die kannst du anrufen. Aber: Ob sie dir auch tatsächlich aus einer brenzligen Situation helfen können, ist eine andere Frage.
Im Ausland hast du immer einen Nachteil: Du bist dort der Ausländer. – Das macht die Sache nicht leichter. Du hast keine Rechte. Und du hast kein Backup. Die Grenze zu überqueren, ist jedes Mal eine neue Erfahrung. Das bringt immer Überraschungen mit sich.
Wenn ich nach Bulgarien einreise, habe ich ab dem Zeitpunkt meiner Ankunft – egal, ob ich mit dem Auto, dem Autobus oder der Bahn komme – Begleiter. Zur Verfügung gestellt vom Geheimdienst. Die weiteren Entwicklungen hängen dann von meinen Bewegungen vor Ort ab.

Auf dem Balkan sind die Systeme andere. Postkommunistische Nachkriegszustände. Da kannst du von der Straße weg verschwinden. Wenn in Österreich ein Lieferwagen vorfährt und dich einkassiert. – Was glaubst du, was da los ist …?
Das heißt, in Österreich kannst du das ruhigen Gewissens ausschließen. Da ist die Gefahr größer, dass du auf dem Weg zur Schule auf diese Art verschwindest. Aber im Rahmen meines Jobs? – Keine Sorge!

Ich schütze natürlich auch hier meine Umgebung. Weniger wegen der Dienste, die ein Interesse an mir haben könnten. Vielmehr wegen der Kriminellen, die vielleicht ein Interesse hätten, meine Schwächen zu finden. Die fragen sich natürlich: Wo ist seine Schwachstelle? Und vor allem: Wer ist seine Schwachstelle?
Du baust permanent an einer Mauer.
Meine Freundin weiß nur deshalb etwas, weil ich mit ihr zusammenlebe. Wenn ich mit einem Menschen zusammenlebe, muss gezwungenermaßen eine gewisse Vertrauensbasis herrschen. Ich kann nicht mitten in der Nacht aufbrechen und sagen: Schatzi, ich geh jetzt spazieren. Und dann bin ich vier Stunden unterwegs oder drei Tage wie vom Erdboden verschluckt.
Das geht nicht. Natürlich weiß sie nicht alles. Vieles habe ich ihr erzählt, um sie zu schützen. Wenn ich ihr sagen würde, dass es nicht stimmt, dann möchte sie die Wahrheit wissen. Und damit wäre sie außerhalb des sicheren Bereichs. – Deswegen lasse ich es gar nicht so weit kommen.
So schütze ich auch meine Freunde. Wenn ich weiß, dass es sich um Leute handelt, die gerne plaudern, grenze ich mich ganz bewusst ab. Da bin ich einfach der Kinsky. Bin im Import-Export-Geschäft. Stelle Spiele-Automaten auf. Mache Musik. Was ich ja auch tatsächlich mache. Natür-

lich verschwimmen persönliche Interessen und Tarnung immer.
Mit den Automaten verdiene ich gar nicht mal so schlecht. Das sind Photoplaymaschinen. Da ist alles drauf. Es gibt Geschicklichkeitsspiele und Kartenspiele. Es gibt Erotikspiele.
Jeder Automat wirft im Monat im Schnitt 200–300 Euro ab. Exklusive Steuern. – Das ist Geld, das ich dringend benötige. Ich brauche unbedingt ein Backup. Falls irgendwann was platzt. Wenn eine Operation schiefgeht, bist du auf dich selbst gestellt. – Wovon sollte ich dann leben? Der Staat stellt dir ja keinen Koffer zur Verfügung und sagt: Jetzt tauch mal in Ruhe unter … – Du musst dir schon selber was auf die Seite legen. Rechtzeitig draufschauen, dass du's hast, wenn du's brauchst.
Ich habe Konten in vier Ländern. Wenn ich wegmuss, bin ich weg. Ich habe auch einen zweiten Reisepass. – Weiß keiner.
Die Frage ist nur: mit welchem Ziel untertauchen? – Du musst genau abwägen: Was zahlt sich aus? Steht es dafür?
Ich bin schwer verschuldet. Und trotzdem zahlt es sich nicht aus, einfach zu verschwinden. – Das kannst du mir glauben.
Ich müsste meine Freundin verlassen. Dürfte sie nicht mehr anrufen. Müsste jedes Mal jemanden anrufen, der ihr etwas von mir bestellt. – Wenig überzeugend!
Wenn meine Freundin in den Urlaub fliegt, würde sie von irgendwelchen schwindligen Typen begleitet werden.
Das ist uninteressant!
Man muss sich schon sehr genau überlegen, wann man diesen Schlussstrich zieht.
Das mit dem Weglaufen ist so eine Sache. An welchen Ort auf dieser Welt willst du denn flüchten? Es gibt ja gar keinen mehr, an dem nicht ohnehin schon alle sitzen! – Willst du etwa auch nach Argentinien? Oder in die

Schweiz? Wenn's um Steuerflucht geht, gut. Aber als Informant? – Nein, danke!
Ich würde nach Frankreich gehen und mich zur Legion melden. Dort hast du die Wahl, deinen Namen zu behalten oder eine Nummer zu werden. Ab dem Moment bist du für die ganze Welt gestorben. Das ist definitiv Endstation. Du bist dann Söldner.
Du kannst als Schwerverbrecher dorthin gehen und sagen: Ich hab fünf Leute abgemurkst. Irgendwie hab ich jetzt null Bock auf Knast. – Ich komm zu euch …
Dementsprechend kriminell geht's dort auch zu. – Wenn du mal bei der Fremdenlegion bist, kommst du nicht mehr raus. Du bist ein Niemand. Du bist eine Nummer. Wenn du stirbst, stirbst du als Nummer.
Das hat nichts mit Identitätswechsel zu tun. – Das ist Identitätsaufgabe.
Die Legion ist überall. Sie wird immer dann eingesetzt, wenn sich niemand findet, der einen Einsatz offiziell politisch vertritt. Die Legion ist jetzt im Irak. Die ist im Libanon. Die ist in Algier. Im Kongo. Überall da, wo Krieg ist, ist auch die Legion. Und: Sie ist immer die Front.
Die Legion entscheidet, welche Operationen sie durchführt. Und welche nicht. Sie ist absolut autonom. Bist du dabei, bist du eine Nummer, die – was weiß ich – 300.000 Euro im Jahr verdient. Und wenn du stirbst, stirbst du. Und wenn nicht, dann eben nicht. Du kannst aus deinem Leben sowieso nichts mehr machen. Es besteht daraus, dass du, egal wo du bist, das nächste Puff suchst und fickst wie ein Hase. Säufst wie ein Arschloch. Und dann gehst du wieder Krieg führen.
Du kannst dir kein Anwesen kaufen. Du kannst kein Privatleben führen. – Das kannst du vergessen. Die Legion ist definitiv die Endstation.
Dort tummeln sich Ex-Agenten, Kriegsverbrecher und normale Verbrecher. Typen, mit denen du was anfangen

kannst. Typen, die sich nichts scheißen, weil sie nichts mehr zu verlieren haben.
Die Legion wäre für mich die letzte Anlaufstelle. Wenn alles schiefgeht, würde ich dorthin gehen.
Aber davon will ich jetzt mal nicht ausgehen. Ich steuere eigentlich darauf zu, ein sehr gemütliches Leben zu führen.
Das möchte ich auch schaffen.

Die Angst verstecke ich komplett. Ich blende sie für mich gedanklich aus. Ich habe früh gelernt, unangenehme Dinge auszublenden.
Das kann ich mit allem. Das hat nichts damit zu tun, dass ich ein Problem nicht anschauen und bewältigen kann. Ich kann die Angst einfach ausblenden. So, wie ich unbezahlte Rechnungen ausblenden kann.
Ich kenne viele Leute, die haben 100.000–200.000 Euro Schulden. Denen fällt die Decke auf den Kopf. Die reden nur von ihren Schulden. Mir würdest du das nie ansehen. Ich bin ein Lebemann. Ich lebe gerne. – Ich scheiße auf meinen Schuldenberg.
Wenn ich sterbe, sterbe ich. Und aus. Ich lebe mit einer sehr optimistischen Einstellung in den Tag hinein. Den Rest blende ich aus.
Genauso blende ich natürlich die Möglichkeit aus, dass ich vor der eigenen Haustüre abgeknallt werden könnte. Wenn ich das nicht täte, könnte ich keinen Schritt mehr vor die Türe setzen. Du musst einfach professionell sein. Wenn du Feuerwehrmann bist, dann rechnest du immer mit einem Feuer. Egal, wo du hinkommst. Du fährst dorthin und hast alles an. Alles dabei. Bist vorbereitet. – Und dann sitzt eine Katze im Baum. Oder es ist gar nichts. Fehlalarm! Aber: Du bist immer bereit.
Du bist sensibilisiert, aber du hast keine Angst. Du blendest die Angst aus.

Ich habe weniger Angst davor, erschossen zu werden, als ich Angst davor habe, aufzufliegen. Es ist viel schlimmer, aufzufliegen, als gleich erschossen zu werden.
Wenn ich erschossen werde, bin ich tot. Da ist es dann vorbei. Aber wenn ich auffliegen sollte, bricht ein neues Zeitalter für mich an.
Ich habe weniger Angst davor zu sterben, als aufzufliegen und nicht sterben zu können. Dann bist du wirklich der Gejagte. Warum sollte es bei mir anders sein als bei anderen?
Wenn du auffliegst, stirbst du. Unter nicht näher geklärten Umständen. Oder du verbringst dein Leben lang irgendwo im Busch. Auf einer Finca, die du nicht mehr wieder verlassen kannst. Kein Fernsehen. Kein Radio. Und du kannst nicht weg. Du sitzt wie ein Mafioso fest. Auf einem Bauernhof. Und lässt dir die Wäsche waschen. Und isst Schafkäse und Oliven. Nur um nicht erwischt zu werden. Und am Ende finden sie dich doch. Weil sich irgendeine Pfeife verplaudert hat. 40 Jahre Schafkäse und Oliven! Und: Alles umsonst! – Das ist doch kein Leben! Das kann's ja nicht sein.
Du kannst auf dieser Welt nicht fliehen. Sie ist einfach zu klein.

Wenn du keine Angst mehr hast, kannst du dich gleich erschießen. Die Angst ist für mich lebenswichtig. Sie treibt mich an. Sie ist mein Motor.
Kennst du den Unterschied zwischen Cross und Enduro?
Cross fährst du auf einer vorgegebenen Strecke. Auf der kannst du trainieren. Du kannst anhand der Gegebenheiten üben. Dann legst du los.
Bei Enduro fährst du blindlings in die Natur. Und: Du lernst, mit dem zu arbeiten, was dir die Natur vorgibt.
Die meisten Enduro-Strecken sind one-way. Du kannst die Maschine nicht absetzen und einfach zu Fuß weiter-

gehen. Wenn du einmal gestartet bist, gibt es nur mehr eine Richtung. Einen Weg.
Im Abstand von 20, 30 Sekunden erlebst du die Abfolge: Angst. Überlegung. Motivation. Durchsetzen. – Immer wieder.
Du fährst in einem Gelände, das einen 90-Grad-Winkel hat. Mit Überhang. Du brauchst Geschwindigkeit, damit du überhaupt hinaufkommst. Du musst die Motivation aufbringen, Vertrauen in die Technik zu finden.
Wenn du im dritten Gang mit 55 Sachen über eine Buckelpiste fährst, musst du darauf vertrauen können, nirgendwo hängen zu bleiben.
Du hast Angst. Du denkst. Du bist motiviert. Du setzt dich durch. – Gegen dich selber und gegen die Natur. Das bewirkt einzigartige Erfolgserlebnisse. Das ist eine Schleife, die sich permanent wiederholt, wenn du Enduro fährst.
Du fährst einen Abhang runter. Fetzt durch einen Graben, der so hoch ist, wie du auf dem Motorrad es bist. Du weißt: Eigentlich passt du da nicht durch. Das widerspricht jeglicher Logik. Und: Trotzdem gibst du Gas.
Du musst extrem schnell sein. Du kommst unten an, überquerst ein Rinnsal. Dann geht's rechts rauf, durch zentimeterdicken Schlamm.
In einem Zeitraum von vier Sekunden musst du vier Aufgaben auf einmal lösen: Du musst dich überwinden. Du musst die Angst loswerden und das Adrenalin unter Kontrolle bringen, um dann eine perfekte Operation durchzuführen. Der Stress für den Körper ist Wahnsinn. Wenn du es aber schaffst, ist der Erfolg nicht zu vergleichen.
Bei allem, was ich getan habe, bei all den Dingen, die ich je erlebt habe, hatte ich nie diesen Adrenalinausstoß wie beim Enduro-Fahren. Nicht bei den verrücktesten Aktionen.
Du startest. Gibst den ersten Gang rein. Springst über den ersten Hang, damit du auf einer 90-Grad-Wand landest.

Bei der zerlegt es dich entweder oder du schaffst es, zu bremsen, zu schalten. Und mit dem zweiten durch den Pfuhl zu kommen. Dann schießt du das Gelände hinauf. Und: Da ist der Checkpoint! – Erfolg! Du schaust nach vorne. – Überall Steine!

Wenn du umkippst, bist du weg. Wenn du stehenbleibst, bist du weg. Wenn dir die Maschine abstirbt, bist du weg. Erfolg ist die einzige Möglichkeit! Entweder du schaffst es. Oder du baust dich ein. Und dann tust du dir saumäßig weh.

Bei Enduro gibt es nur Erfolg. Oder Krankenhaus. Es gibt keinen Mittelweg. Es geht nur hinauf oder hinunter. Es gibt kein Halten.

Wenn du fällst, bist du weg. Wenn du beim Enduro stürzt, verletzt du dich. Zu 98 Prozent. – Das macht für mich das Enduro-Fahren so reizvoll. Der Sport kommt meiner Realität sehr nahe.

Mein Leben ist wie Enduro-Fahren. Es gibt nur zwei Möglichkeiten. Es gibt keine halben Sachen. Für mich ist Enduro ein einziger Kick. Fallschirmspringen ist ein Scheißdreck dagegen.

Du beherrscht ja nicht nur dich selbst, du musst eine PS-starke Maschine beherrschen. Um sie etwas auszusetzen, für das sie gar nicht gemacht ist. Davon, dass auch du nicht dafür gemacht bist, ganz abgesehen.

Das hat viel mit einem starken Willen zu tun. Nicht die Maschine kontrolliert dich. – Du kontrollierst die Maschine!

Für mich ist das die ultimative Erfahrung. Das ruft mich förmlich. – Hörst du's …?

Für mich ist der Erfolg beim Enduro-Fahren einfach nicht zu toppen. – Ich brauche Erfolg. Wenn ich keinen Erfolg habe, werde ich unrund. Ich kriege Zukunftsangst. Kriege Panik, ich würde den einen Anruf kriegen: Schwarze Karte. – Und: Aus.

Als ich letzten Monat in Serbien war, habe ich einen Waffendeal durchgezogen. Ich habe gestohlene Ware gekauft. Zurück in Wien, hat sich dann herausgestellt, dass ich das Zeug von der falschen Firma gekauft hatte.
Weißt du, wie peinlich? Ich war eine Woche weg, die Operation kostet 8.000 Euro Spesen. – Und ich tanze mit der falschen gestohlenen Ware an!
Ich bin ein erfolgsgetriebener Mensch. Ich brauche echte Erfolge, Mann! – Keine Substitute.
Wenn du an einer Sache extrem arbeitest, freust du dich, dass du etwas bewegst, dass etwas weitergeht. – Und dann kommst du plötzlich drauf: Du hast dich nach Norden vorgearbeitet, obwohl du in den Süden wolltest. Was ist das? – Scheiße ist das!
Misserfolg zu haben ist für mich das Zweitschlimmste. Neben meiner Angst. Ich habe Angst davor, keinen Erfolg zu haben. Das ist eine treibende Kraft für mich. Wenn ich keinen Erfolg habe, habe ich Angst davor, nie wieder Erfolg zu haben.
Egal, wie du versuchst, an dein Ziel zu kommen. Ob du schnell bist oder langsam. – Völlig egal. Im Endeffekt wirst du am Resultat gemessen. An nichts anderem.
Es hilft nicht, schnell zu sein. Gut zu sein, besser zu sein. Das Resultat muss besser sein.
Ich war total schnell. Ich war total gut. Und: Ich bin mit einem Resultat zurückgekommen, das für niemanden interessant war. Ausgenommen: die lokale Polizei. Um jemanden einzusperren: wegen Hehlerei. – Das interessiert doch keinen. Niemanden interessiert das.

Viele der Dinge tue ich ohne Erlaubnis. Es gibt keine Anfragen. Und kein Okay. Ich handle komplett selbstständig.

Du handelst aus einem eigenen Drive. Natürlich bist du dran, wenn sie dich erwischen. Da bist du dran. Auch wenn du in guter Absicht gehandelt hast. Egal.
In meinem Job bewegst du dich permanent an der Grenze von Legalität und Illegalität. – Der Kauf und der Verkauf von Waffen garantiert dir eine gewisse Immunität. Egal, wie kriminell das abläuft. Das heißt: Deine Feinde sind nicht Staaten und Regierungen. Deine Feinde sind Mitbewerber, die das Zeug teurer verkaufen wollen als du. Und: die du unterboten hast.
Wenn sie dich einsperren oder anklagen wegen Waffenschieberei oder Hehlerei, stehen die Chancen gut, nach drei, vier Tagen wieder nachhause zu gehen.

Der Agent Provocateur ist nicht überall legal. In Österreich ist er zum Beispiel komplett verboten. Ich dürfte in Österreich nicht einmal den Anschein erwecken, dich dazu zu provozieren, ein Geschäft abzuwickeln, das illegal ist. Das ist verboten.
Das Gesetz wurde diesbezüglich vor wenigen Jahren geändert. Nachdem eine eigentlich erfolgreiche Aktion durch die Medien gegangen ist. Damals hat ein verdeckter Ermittler einen Hehler zum Deal angestiftet. Der hat in Folge ausgesagt, bloß geliefert zu haben, weil der Informant bestellt hätte. – Er wurde also gedrängt. Zum Deal angestiftet. – Anstiftung ist in Österreich seit 2000 illegal.
In Serbien gilt das nicht. – Du musst immer aufpassen, mit wem du zusammenarbeitest …

Für das, was wir tun, für das, was wir riskieren, ist der Verdienst eine Frechheit. – Der Staat kümmert sich nicht um dich. Das System orientiert sich nur am System.
Das Bundeskriminalamt und das Landeskriminalamt arbeiten nicht zusammen. Da herrscht Rivalität. Die ist offensichtlich. Jeder hat seine Informanten. Jeder hat seine

Leute. Jeder möchte einen Fall für sich haben. Und: Jeder interessiert sich nur für seine Angelegenheiten.
Früher hast du demjenigen den Fall gegeben, der dir mehr geboten hat. – Du hast Informationen an den Bestbietenden verkauft.
Dem wurde ein Riegel vorgeschoben. Seit 2000 gibt es 300 Euro für Informationen. Pauschal. – Egal, ob du zehn Tonnen Heroin lieferst. Oder 30 Tonnen. Es bleibt bei 300 Euro. Das macht jetzt natürlich keiner mehr.
Das Informantentum ist heute tot. Das macht keiner mehr für das Geld. Früher hast du 1.000 Euro pro Kilo gekriegt.
Als Informant kann ich heute meine Brötchen nicht mehr verdienen. Du musst dir neue Tätigkeitsfelder erschließen, um an Kohle zu kommen. Sonst bist du raus aus dem Spiel.
Wenn meine Firma 60.000 Euro für Information kassiert, und ich verdiene 1.500 Euro im Monat, dann läuft doch etwas grundlegend schief. Da stimmt die Relation einfach nicht. Die leben von dem, was ich ihnen bringe. Und: Sie zahlen nicht angemessen.

Gerade habe ich ein Déjà-vu. – Ich habe die Situation, die Begegnung mit dir schon einmal geträumt. Und zwar genau so.
Ich habe Angst, es könnte gleich unangenehm werden. Ich habe Angst, es könnte gleich jemand auftauchen. Und uns ins Visier nehmen …

Kennst du Der stille Don? – Von Scholochow. Hat 1965 den Nobelpreis gekriegt. Der hat ein Manuskript eines Militärschriftstellers geklaut und daraus einen Bestseller gemacht. Die GPU, der sowjetische Geheimdienst, hat ihm den Text damals zugespielt.
Die GPU hat Scholochow auch aufgebaut und zu dem Schriftstellerstar gemacht, den sie gebraucht haben.
Zu meiner Schulzeit war ich immer der Don. Für meine Freunde war ich immer der Don. Ich war der Leader of the pack. Obwohl ich das eigentlich nie sein wollte. – Ich war immer ein schlechtes Vorbild.
Aber: Wir bekamen nie Stress für den Scheiß, den ich angezettelt habe. Wenn wir Scheiße gebaut haben, habe ich uns immer rausgehauen. Ich hab uns reingeredet. Und wieder rausgeredet. Die Eltern meiner Freunde mochten mich. Ich konnte die alle um den Finger wickeln.
Der Don war ich, weil ich immer der Aktivste war. Ich machte Sport. Ich machte Musik. Ich deckte immer schon eine große Bandbreite ab. Dort, wo ich war, war immer vorne.

Erinnerst du dich an die Band Soul Asylum? Die haben 1992 ein Lied geschrieben: Homesick. – Das war lange Zeit mein Credo. Auch wenn es für mich heute nicht mehr so präsent ist, trifft es immer noch zu. I'm so homesick / but it ain't that bad / 'cause I'm homesick for the home I've never had … – Das prägt mein Leben.
Das ist die Antwort zur Frage meiner Herkunft. Ich lebe in einem Dasein, das geprägt ist von einem ständigen Heimweh. Heimweh nach einem Ort im Inneren. Heimweh nach einem Zuhause. Nach einem Zuhause, das ich nie hatte.

Ich stamme aus einer Familie mit einem guten Namen. Einem guten Haus, sozusagen. – Aber ich kenne die gar nicht. Ich weiß nichts über die Familiengeschichte. Gar nichts.
Ich habe also Heimweh nach etwas, das ich gar nicht kenne.
Ich glaube, dass meine Suche nach einem Zuhause mit Valerija aufgehört hat.
Wo auch immer wir leben werden, wird mein Zuhause sein. Mit ihr. – Da kann ich ich selber sein.

In den verschiedenen Phasen meines Lebens habe ich mich immer mit Leuten umgeben, die für mich am ehesten ein Zuhause repräsentierten.
Ich hatte oft Beziehungen mit Frauen, die keiner verstanden hat. Meine Freunde wunderten sich. Und doch waren diese Frauen am nächsten an dem, was für mich Zuhause hätte sein können.
Ich war mal mit einer Frau zusammen. Die hat in ihrer Firma Tamagotchis repariert. Das war am Höhepunkt des Tamagotchi-Booms. Die hatte kistenweise Tamagotchis zuhause. Alle völlig kaputt. Oder teilweise defekt. Den ganzen Tag ist in irgendeiner Kiste so ein Scheiß-Tamagotchi losgegangen. Tag und Nacht. Um mir damals nebenbei Geld zu verdienen, habe ich einfach mit ihr zusammen Tamagotchis repariert.

Ein Freund, der demnächst heiraten wird, war für mich auch einmal ein Zuhause. Für mich war er mein bester Freund. Umgekehrt war es leider nicht so. Ging ja auch gar nicht. – Mein Leben hätte schon damals nicht abstrakter sein können.
Zu meinem 18. Geburtstag kündigte er mir die Freundschaft. In einem fünfseitigen Brief. Er könne nicht mit

jemandem befreundet sein, der Einstellungen vertritt, wie ich es täte. Das war's.

Ich war in Extremen unterwegs. Durchlebte die ganze Palette. War Hippie. War links. War rechts. – Immer radikal. War unparteiisch. – Jeder kennt das. Jeder möchte sich wo wiederfinden. Sich wo zuhause fühlen. Politisch. Sozial.
Wir wollten rebellieren. Wir waren jung. Wir waren frei. Und: Wir hatten keine Ahnung. Wir kannten die Welt noch nicht. Wir wollten die Dinge ausprobieren.
Wir fanden es toll, nach Geschäftsschluss am Naschmarkt den Müll aufzusammeln. Um davon satt zu werden. – Gratis essen! Wochenlang! – Das hat uns gefallen.

Damals arbeitete ich bei einem Rechtsanwalt. Den nahm ich aus. Nach Strich und Faden.
Ich verdiente beim Anwalt mehr Trinkgeld, als ich Lohn hatte. Ich machte die Gerichtswege. Das musste immer einem der Klienten verbucht werden. Ich verbuchte es nie einem. Ich verbuchte es immer allen. Das heißt: Ich hatte den fünffachen Verdienst.
Als die Lager für die Akten zu klein wurden, brauchten wir neue. Die richtete ich mit einem Freund ein. Dafür stellte ich 40.000 Schilling in Rechnung. Und: Das ging durch! Die bezahlten das. Ohne mit der Wimper zu zucken. Ich war noch nicht mal 14 und hatte Kohle! – Wir waren immer unterwegs. Wir waren immer fett.
Wir lebten unseren Rausch.
Schon damals dachten alle, ich würde früh sterben. Der Kinsky bleibt nicht lange bei uns, sagten sie.
Egal, was es auch war, ich war immer dabei. Wo runterspringen? Ich war immer der Erste! Die Donau an einer schwierigen Stelle überqueren? Irgendwelche dummen Sachen? Uninteressante Dinge? – Ich war immer dabei!

Das war nichts Besonderes. Das waren Aufgaben, die einem das Leben sowieso früher oder später stellt. Nichts Spezielles.
Ich bin nicht als Erster von einem Hochhaus gesprungen. Als Base Jumper. Ich bin keinen Weltrekord geschwommen. Nicht im Guinness-Buch der Rekorde gelandet. Mit einer besonderen Nummer. – Das waren ganz banale Dinge.

Wir waren einfach Rebellen. Wir waren immer radikal. In allem, was wir taten. – Das war eine gute Zeit.
Ich war natürlich auch der Erste, der schwer verschuldet war. Beim Anwalt verdiente ich 25.000 Schilling. Und: 80.000 gab ich aus. – Da war ich 14! Dass mein Stiefvater damals meine Schulden beglichen hat, rechne ich ihm noch heute hoch an.
Nach einem Jahr Arbeit wollte ich noch mal zur Schule. Einen Abschluss machen.
Zunächst mal war ich ein halbes Jahr lang krank. Dann fand ich mich unter lauter Kindern wieder. Nachdem ich schon gearbeitet hatte! Ein Einkommen gehabt hatte! Die Arbeitswelt kennengelernt hatte!
Es dauerte gar nicht lange, und die haben mich auch rausgeworfen.
Das kam so: Nach dem Turnunterricht wollte ich duschen. Und: Ich ging duschen. Für die Mitschüler war Körperhygiene peinlich. Die waren jünger. Die schämten sich. Die gingen turnen. Setzten sich dann verschwitzt wieder zurück in die Klasse. Und: kein Fenster zum Öffnen. Weil: Damals hatte sich gerade einer runtergestürzt, hatte sich umgebracht. Woraufhin die Fenster verschweißt wurden. – Die Kids wollten stinkig in der Klasse sitzen. Und nach drei Stunden heimgehen. Ich ersuchte einen dicken Mitschüler wiederholt, sich duschen zu gehen.

Das tat er nicht. – Ich wusch ihn dann kurzerhand in der Kloschüssel.
Ich weiß nicht warum: Aber die Schule wollte mich dann nicht mehr. Dann ergab eines das andere. Die Anwaltskanzlei fragte an, ob ich nicht wieder bei ihnen arbeiten wolle. Sie fänden niemanden, der die Aufgaben so kompetent erledigen würde wie ich. Ich überlegte nicht lange. Pokerte um höheres Gehalt. Und bekam es. – So landete ich wieder beim Anwalt.

Der Chef der Kanzlei war damals gleichzeitig Präsident der Rechtsanwaltskammer in Österreich. Heute ist das die größte Wirtschaftskanzlei der Welt.
Für die war ich der nette Kinsky. Mit dem Skateboard.
Für mich waren sie der Garant für fette Kohle. – Ich schlichtete Akten. Bereitete paralegale Dokumentationen vor. Hatte Einsichten in Akten, bei denen man sich heute noch anscheißt.
Ich verfolgte damals Deals, frage nicht. Und: Zu dem Zeitpunkt war ich vierzehn! – Mein Weg war damals schon vorbestimmt.
Von 12.000 Schilling netto stieg ich auf 16.000 um.
Das war in einer Zeit, in der bei uns gerade die ersten Mobiltelefone auf den Markt kamen. Ich war natürlich einer der Ersten, die ein Handy hatten. Das war 1994. Ein Nokia. Ein Riesengerät. Ich ging durch die Stadt und war der King. Alle schauten mir nach. Das gefiel mir derart, dass ich die meiste Zeit mit mir selber telefonierte. Ich tat so, als würde ich telefonieren. – Mich rief natürlich keiner an. War ja sauteuer damals. Anrufen oder angerufen werden. Mich rief einfach keiner an! Auf dem Scheiß-Handy! Mangels Gesprächspartnern wählte ich oft Telefonsexhotline-Nummern.
Damals merkte ich: Es gefällt mir, wenn die Leute mich anschauen. Wenn sie sich nach mir umdrehen.

Ich habe mich mein Leben lang immer wieder gerne mal wichtig gemacht. Auch wenn es keinen wirklichen Grund dafür gibt. Bloß so, weil's mir gefällt. Ich war einfach immer schon eine Rampensau. – Ich weiß natürlich auch, woher das rührt.
Als Kind zog ich mit meiner Mutter ständig um. – Hab ich schon erwähnt, dass meine Mutter Missionarin war? Ich hatte also nie viel Zeit, Freundschaften aufzubauen. Ich war immer der Pausenclown. Versuchte immer ganz schnell in den Mittelpunkt zu kommen. Damit die Leute mich wahrnehmen. Damit sie sich an mich erinnern. Um sagen zu können: Ich habe Freunde. Man kennt mich.
Für mich wird es so etwas wie ein Klassentreffen nie geben. Oder so einen Scheiß. – Das wird es nie geben.
Ich war ein Jahr da. Und ein Jahr dort. Nie lange an einem Ort. Daher kommt es, dass ich gerne im Mittelpunkt stehe. Damit kämpfe ich heute noch. Mittlerweile habe ich viel davon bewältigt. Ich werde immer besser. Ich muss nicht immer alle Aufmerksamkeit einfahren. Das war ein langer Prozess. Kannst du mir glauben.
Aber: Eigentlich gefällt es mir immer noch. Das wird mich mein Leben lang begleiten. Das ist einfach ein Teil von mir. Der Unterschied zu früher ist, dass ich heute keine Ausreden mehr dafür finden will. Es ist einfach so. Ich bin so. Ich lebe gut damit. – Ich stehe gerne im Mittelpunkt!
Ich liebe es, wenn ich mit Valerija zu Swarovski einkaufen gehe. Und die Verkäuferinnen küssen mir die Füße. Kriechen mir in den Arsch. Weil ich der Kinsky bin. – Weil ich ein Scheißgraf bin!
Mein Vater sagt immer, die Leute sind solche Idioten. Weil sie auf so etwas Wert legen. Ich denke mir: Solange es ihnen taugt, passt's. Solange sie auf diese Art und Weise benutzt werden wollen, mach ich's. – Dann verkaufe ich mich eben auf diese Art.

Wenn ich mit Valerija in Bulgarien auf einem Templertreffen auftauche, werden wir als Graf und Gräfin vorgestellt. – Uns gefällt das!
Wir verwenden's zwar im Alltag nicht. Aber so ein bisschen Mittelalterflair? – Das hat schon was!
Die Ordenstreffen finden meistens auf irgendwelchen Burgen statt. Das heißt: Da passt alles gut zusammen. Das zu spielen, gefällt uns. Valerija steht da total drauf. – Valerija sagt, wenn sie mit mir nach Sofia fliegt, fühle sie sich wie in der Bourne Identity. – Hast du die gesehen? – Ist ein guter Film!
Bei so einem Treffen ist alles bis ins Detail geplant. Wir haben den Geheimdienst dort. Wir haben Bodyguards. Du wirst in Lokale ausgeführt, zum Essen. – Das hat einfach Flair.
Du bist in einem separaten Teil, da hängen die Templerfahnen. Viele Leute. Reichliche Tafel. – Wie in einem Film eben. Da wird gegessen. Gefeiert. Getrunken. Eine Band spielt auf.
Ein Geheimbundtreffen hat schon was. – Das kannst du mir glauben.
Die Balkanländer reden nicht miteinander. Weder offiziell noch inoffiziell. Es gibt keine Kommunikation zwischen Bulgarien und Serbien. – Aber bei einem Templertreffen sitzen sie nebeneinander. Wie Brüder. Freuen sich, dass sie einander sehen. Bussi-Bussi. Miteinander essen. In einen Nachtclub gehen. Ganz normal! Alles kein Problem. Und: Da werden die Sachen besprochen, die die Welt wirklich bewegen. Da fallen die Entscheidungen, die dann in der Politik umgesetzt werden.

Ich versuche dabei zu sein. Um an Informationen zu kommen. Oder: um Informationen zu verkaufen. Das ist schließlich ein Netzwerk, das weltweit Macht hat.

Wenn du dazukommst, bist du erst mal ein Jahr lang Postulant. In der Zeit überprüfen sie dich. Sie nehmen dich auseinander. Sie überprüfen jeden Scheiß.
Mittlerweile bin ich Ritter. – Die Österreicher wollten mich nicht. Die dachten: Um Gottes willen, der Kinsky! Also bin ich zu den Serben gegangen. Bin ich halt im serbischen Orden. International mitentscheiden? – Jawohl!
Was täte ich denn bei den Österreichern? Sind lauter Künstler da. – Vollidioten! Die haben keinen Tau, warum sie überhaupt dabei sind. In dieser Organisation. Wenn du im Balkangeschäft mitmischen willst, wenn du bestimmen willst, was in Serbien, Rumänien, Bulgarien in den nächsten 20 Jahren passiert, dann musst du bei einer Verbindung sein.
Am besten in einem Militärorden. Eh klar! – Weil du ja dort alle Generäle hast. Ich bin in so einem Orden. Weil: Irgendwann habe ich meine Chance. Um etwas zu bewegen. Im Rahmen des Ordens. Und dann raschelt's im Karton. – Das kannst du mir glauben.

Wer weiß: Vielleicht kann ich ja tatsächlich einmal von hier verschwinden. Weiterziehen. Alles zurücklassen.
Ich suche permanent Auswege aus meiner jetzigen Situation. Aus meinem derzeitigen Leben. – So wie ich jetzt lebe, will ich nicht sterben. Ich will mein Leben nicht so beenden. Ich will was tun. Was bewirken. – Ich will was erreichen. – Ich will mal Schauspieler sein. – Wer weiß? Vielleicht in einem Horrorfilm?
Das ist das Leben, Mann! – Und: Es gibt für jeden von uns nur eines!
Ich mag, was ich tue. Was ich tue, ist, was ich bin. – Ich arbeite ja nicht von acht bis achtzehn Uhr. Das, was ich mache, mache ich gerne. – Egal, was es ist. Ich mache es voll und ganz.

Und wenn ich die Angst als treibenden Motor bezeichnet habe, dann ist das so. So bin ich. – Was nicht heißt, dass ich nicht gerne etwas anderes täte.
Das, was ich mache, mache ich gerne. Gerne mache ich aber auch etwas Besseres. – Biete mir was Besseres! Und: Ich bin dabei! Richtige Alternativen tun sich für mich aber nur noch in einem viel tieferen inneren Kreis auf. Alles andere kommt für mich nicht in Frage.
Professioneller Enduro-Fahrer kann ich nicht mehr werden. Dafür bin ich zu alt. Auf der Bühne kann ich auch nicht stehen. Was sind also die Alternativen? – Immer tiefer hinein in den Weltlobbyismus!
Stecke deine Zehe nicht ins Wasser, um zu schauen, ob es kalt ist. – Spring hinein! Verursache Wellen!
Ich bin bei einem geheimen Militärbund. Der hat in der Welt viel zu sagen. Die sind überall ganz oben dabei. – Die bestimmen den Lauf der Dinge mit.
Es bedeutet mir viel, ein Templer zu sein. Deshalb bin ich da hineingesprungen. – Nicht, um bloß dabei zu sein. Sondern um so richtig Wellen zu schlagen.
Ich möchte in dieser Hierarchie hinauf. Ich möchte tiefer in die inneren Zirkel! Je tiefer du reinkommst, desto mehr interessante Leute triffst du. Du hast mehr Einfluss. Du kannst mehr bewegen. – Die Geschäfte laufen ganz anders. Dinge, die du sonst nicht so einfach tun kannst, kannst du auf einmal problemlos umsetzen.
Natürlich ist das auch eine Frage des Glaubens. Glaube ich, dass die Sache okay ist, kann ich es tun. Springe ich nur hinein, um meinen eigenen Vorteil zu finden, so finde ich ihn vielleicht. Aber erfüllen wird es mich nicht. – Und sonst auch niemanden.
Mir gefällt das Prinzip der Sache: Templerismus ist eine wunderschöne Form des Lebens. Er verbindet das mittelalterliche Rittertum mit der Moderne. Ritter zu sein ist etwas Besonderes. Weil du dein ganzes Leben danach

ausrichten kannst, ohne dass man dich entweder für altmodisch oder fanatisch erklärt. Oder gleich zum Idioten abstempelt.
Es ist eine respektierte Sache.
Du kannst in der Politik nichts erreichen, wenn du nicht bei einem Bund bist. Deswegen sind die meisten in Österreich bei den Maltesern. Dem Lions oder Rotary Club. Dem CV. – Was auch immer. Du musst wo dabei sein. Weil du sonst nichts bewegen kannst. Du hättest keine Stimme. – Aber komm dort erst mal hinein …
Wenn du in der Lotterie gewinnen willst, musst du schon ein Los kaufen. Kaufst du kein Los, kannst du nie gewinnen. Ich kaufe mein ganzes Leben lang Lose für irgendwelche Lotterien. – Irgendetwas wird funktionieren.
Wenn ich es nicht tue, wird in meinem Leben nichts passieren. Gar nichts.
Und ich werde immer nur der same old Kinsky sein.
Beim klassischen Zahlen-Lotto wirst du immer mehr ausgeben, als du jemals gewinnen kannst. – Das macht dich unglücklich.
Aber: Die Lotterie des Lebens unterscheidet sich davon grundlegend. Du spielst nicht um Geld. Du spielst um dein Leben, Mann! – Jeder von uns spielt ständig um sein Leben. Wo ich hinziele, definiert, wo ich hingehe. Wo ich mich wiederfinde. Wo ich letztendlich stehen werde.
Wenn ich mich auf die Risiken nicht einlassen kann, werde ich nichts erleben. Meine Einstellung zu Leben und Tod kennst du bereits. Ich tue alles, was möglich ist. Weil: Irgendwann ist's definitiv vorbei. – Ich bin lieber ständig unter Spannung, als bloß mal hier gewesen zu sein. Bloß mal hier sein bringt gar nichts.
Das bin ich nicht. Ich umgebe mich gerne mit Menschen, die etwas bewegen wollen. Diese Menschen geben in der Regel Energien ab, die sich mit meinem Drive sehr gut ergänzen. Und: Nur das führt zum Erfolg.

Ich umgebe mich gerne mit Menschen, die mich anziehen. Ich liebe es, mit Menschen zu schlafen, die ich mag. Wenn alles stimmt, ist es einfach perfekt. Das passiert weniger häufig, als man denkt.
Sex mit Menschen zu haben, die man gernhat, ist selten. Das ist sehr selten. Ich bin weit entfernt davon, Sex mit jemandem zu haben, weil er mich bloß mal anturnt. Für mich müssen Menschen etwas haben, das mich innig mit ihnen verbindet. Auf irgendeine Art und Weise. Etwas, das mir total gefällt. Das mich anzieht. So bin ich ausgelegt. Ich habe nie versucht, dagegen anzukämpfen. – Das halte ich für sinnlos.

Sieben

Mein Vater und ich, wir ticken ziemlich ähnlich. Wir haben uns eigentlich nie gekannt. Und dennoch ticken wir ziemlich ähnlich.

Mein Vater hat die Familie verlassen, als ich zwei war.

Ich kannte meinen Vater also nicht wirklich. Und: Er kannte mich nicht.

Mein Vater hat sich nie gerührt. Der hat nicht zu irgendeinem Geburtstag gratuliert. Der hat keine Alimente bezahlt. – Nichts! Und: Heute hat er wesentlichen Anteil daran, meiner Schwester die Tore zu einem anderen Leben geöffnet zu haben. Das finde ich in Ordnung. Das ist mehr wert, als er mir je geschuldet hat.

Zum ersten Mal in meinem Leben empfinde ich heute wirklich Zuneigung für meine Schwester. Als Mensch ist sie mir heute näher als früher, als sie Religionsfanatikerin war. Das hat meine Familie erweitert. – Um genau eine Person.

Vor ziemlich genau zweieinhalb Jahren sind mein Vater und ich einander zum ersten Mal begegnet. Ich habe ihm meine Geschichte erzählt. Wir sind uns sehr ähnlich. Wir haben uns gern. Ich lasse mir von ihm nichts sagen. Mir ist seine Meinung wichtig. Aber nicht so wichtig, dass ich etwas ändern würde. Ich erwarte mir nichts von ihm. – Er erwartet nichts von mir.

Ich bin oft in dem Konflikt, ihm zu sagen: Du schuldest mir etwas. Für meine verpatzte Jugend. Aber: Er schuldet mir gar nichts. Er hat einfach nur einen kleinen Teil dazu beigetragen, mich zu dem zu machen, der ich heute bin. Und wenn ich dazu nicht stehen könnte, hätte ich ihn nicht kennengelernt. – Weil wir den Kontakt vermieden hätten.

Die Scheidung meiner Eltern war für mich sehr schlimm. Ich wollte immer, dass sie zusammenbleiben. – Wie jedes Kind.
Meine Mutter sagt heute, dass sie mit meinem Vater zusammengeblieben wäre, wenn er sich Gott zugewandt hätte.
Mit meinem Stiefvater hat meine Mutter drei Kinder. Sie liebt ihn natürlich. Aber mein Vater war viel emotionaler. Mein Stiefvater ist sehr pragmatisch. Mein Vater lebt von Emotionen. Er ist ja auch nicht zufällig Schauspieler geworden. – Das hätte meiner Mutter besser gefallen. Keine Frage.
Aber im Endeffekt ist es bis heute noch so, dass er sie beschuldigt. Und sie ihn. – Ich habe nur deshalb eine gute Beziehung zu meinem Vater, weil es mich einen Scheißdreck interessiert, was die zwei Idioten aufgeführt haben, als ich Kind war. – Das ist vorbei.
Er kann sie nicht ausstehen. Und sie kann ihn nicht ausstehen. Und mich interessiert es nicht. – Ich möchte beide kennen. Mit beiden können. Und nicht Partei ergreifen müssen.
Sie hat mich großgezogen. – Und hat Fehler gemacht. Er hat sich einen feuchten Dreck gekümmert. – Das war sein Fehler.
Und jetzt? Gebt euch die Hände! Ihr habt es beide vermasselt! Und fertig! – Wir wollen gar nicht mehr darüber sprechen.

Meine Schwester ist immer dem christlichen Ideal nachgelaufen. Sie hat die Schule fertig gemacht. Hat geheiratet. So wie's aussieht, steht sie heute vor ihrer Scheidung.
Sie hat ihren Mann betrogen. Mehrmals. Um was zu entdecken? Dass das Leben mit Gott doch nicht eitle Wonne ist? Nicht immer nur Sonnenschein? Dass es Gott in der

Form vielleicht gar nicht gibt, wie gedacht? Dass er Gebete möglicherweise gar nicht erhört? – Wozu also das Ganze? Jetzt will sie sich scheiden lassen. Kommt drauf, dass sie bisexuell ist. – So wie ich.

Sie macht mit Frauen rum. Hat Verehrer und Lover. Ihr Mann sagt: Mach, was du willst, aber verlass mich nicht. Armes Würstchen! Natürlich ist er zu bemitleiden. Die wirklich Betrogene aber ist meine Schwester. Weil sie daran geglaubt hat. Und gescheitert ist. Hat ihr ja keiner was anderes gesagt. – Außer ich. Und mein Vater. Und mit uns hat sie einen Krieg angezettelt. Immer wenn ich sie getroffen habe, wollte sie mich bekehren. Sie wollte mir Gott nahebringen.

Heute ist ihr das alles peinlich. – Na klar! Ist ja auch tatsächlich peinlich gewesen!

Wenn du mein Bruder bist, und du glaubst an etwas, an das ich nicht glaube, und ich malträtiere dich jedes Mal, wenn wir einander begegnen, hast du bald genug. – Oder? Und wenn ich dann draufkomme, dass du besser lebst. Mit deiner Einstellung vielleicht sogar recht hast … Was ist mir das? Peinlich ist mir das!

Heute tut es ihr leid. – Sie trifft uns, freut sich, uns zu sehen. Sie teilt unsere Gedanken. Sie ist nicht mehr auf ihrem Gottes-Trip. Sie ist draufgekommen, dass sie ein Mensch ist. Mit Liebe, Lust. Und: Leidenschaft.

Ich heirate doch nicht bloß einer Ideologie wegen. Für sie war das aber nie klar. Die Ideologie war ihr Leben. – Diese scheißreligiösen Doktrinen!

Wo war jemals auf dieser Welt etwas gut durch Gott? Vielleicht wird es ja besser, wenn man stirbt. – Das wissen wir alle nicht. Aber hier auf dieser Welt? War doch immer alles nur Scheiße. Kriege. Armut. – Höre ich da Hoffnung? Hoffnung worauf?

Keuschheit für wen? Du willst Buße tun? Ja, sprich mit einem Baum!

Das, was heute der Therapeut ist, war früher die Kirche. Weil es heute Therapeuten gibt, fehlen der Kirche die Leute. In der Kirche herrscht tote Hose. Die Kirche steht heute weder für Hoffnung noch für sonst irgendwas. Die Kirche verhindert keine Kriege. – Im Gegenteil, sie bereichert sich sogar daran.
Der Vatikan lebt vom Krieg. Der Vatikan ist heute der zweitgrößte Waffenlieferant der Welt. Das ist so. Tatsache. Der Vatikan hat Aktien, da scheißt du dich an!
Wenn du Waffen kaufen willst: Der Vatikan macht dir einen guten Preis. Kaufen und Verkaufen. – Der Vatikan ist dein Geschäftspartner.
Der Vatikan hat jede Menge Firmen. Die machen alles. Biochemie. Energie. Technologie. – Denen gehört alles! Nasdaq. Dow Jones. Die sind überall vorne dabei!
Der Vatikan ist eine wirtschaftliche Weltmacht. So groß wie Amerika. Ein bisschen kleiner als Russland. Die machen alles! Die bestimmen auch alles. – Das ist der Vatikan, Mann!
Scientology kommt auf den Markt. Mit einem John Travolta, mit einem Tom Cruise und zig anderen Stars. Die werden weltweit riesengroß. Die lehren, dass es außerirdisches Leben gibt. Lehren, dass es Aliens gibt. Erklären, wer von uns von welchem Planeten kommt. Welches Land von welchem Planeten beherrscht wird. Das lehren die! In Büchern, die weltweit verbreitet werden!
Der Vatikan hat dazu bis heute nicht Stellung bezogen! Er hat es nicht dementiert. Nicht einmal kommentiert hat er es. – Kein Wort. Nichts!
Und warum nicht? Könnten die etwa Recht haben? Ist es möglich, dass wir vielleicht doch nicht die Einzigen sind? Der Vatikan steht für den alten Glauben. Er lebt im alten Glauben. Und: Er negiert die moderne Welt.

Der Vatikan besitzt in Österreich drei Fünftel des Immobilienmarkts. Die Kirche hat Real Estates akkumuliert, das glaubst du nicht. – Das ist natürlich weltweit so.

Acht

Ich weiß nichts von meiner Familie. Ich weiß nicht, was sie mir bedeutet. Aber ich weiß, was es für viele andere Menschen heißt.
Ich beziehe meinen Stolz aus dem, was der Name reflektiert. Das reicht mir. Alles andere würde schon verpflichten. Würde ich mich näher dafür interessieren, müsste ich auf einmal an Familientreffen teilnehmen. Leute kennenlernen, die ich gar nicht kennenlernen will. Wissen, wer meine Cousins sind. Wen interessiert das? Mich interessiert meine Verwandtschaft gar nicht. Ich interessiere sie ja auch nicht. – Fertig.
Ich wäre wahrscheinlich weniger glücklich, wenn ich zum Beispiel Huber heißen würde. Man genießt einfach eine bessere Stellung. Durch einen Namen. – Das mache ich auch.
Ich steh auf das Positive, das der Name birgt. Das für mich Negative lehne ich ab.
Ich könnte mir etwas anderes vorstellen. Ein dem Adel verpflichtetes Leben. – Aber: Wo sind meine Millionen auf dem Konto? Meine Landsitze in Salzburg? Und so weiter … Kurz und gut: Ich scheiße also auf die Tradition!
Es gibt auch heute noch enge Familienbande. Einen starken Zusammenhalt. Im Adel. In der Familie. Meine heute noch lebenden Verwandten sind alle stinkreich. Gestopft, von vorne bis hinten. Die sind noch überall dabei.

Wir haben als Erbe das Fuhrparkrecht bekommen. Für Baden. Baden bei Wien. Die Familie Kinsky hatte aber vom Mittelstand keine Ahnung. Die war ausgelegt, etwas zu besitzen. Die haben also den Fuhrpark bekommen: und haben sich durch ihre wirtschaftliche Unfähigkeit total ruiniert.

Das hat zur Verarmung der Familie geführt. – Was in den 1990ern darin gipfelte, dass sich die Familie durchrang, das Palais in Wien zu verkaufen. Es war zuletzt mit über 290 Millionen Schilling überschuldet.
Nicht einmal der Staat konnte es sich leisten, der Familie das Haus abzukaufen. Nicht einmal der Staat verfügte über das Vermögen, um die Schulden zu tilgen und das Palais wieder in Stand zu setzen.
Dann kam der damalige Billa-Eigentümer, Wlaschek, und hat's gekauft. Der hatte als Privater das Vermögen. – Und: Er hat das Palais renoviert. Heute ist es ein Monument der Familie.
Ich fühle mich richtiggehend verbunden mit dem Palais Kinsky.

Um die Jahrtausendwende tauchte ein Kinsky aus Südamerika auf. Er verkündete, er sei ein Nachfahre von dem und dem. Und: Er verklage alle, die einen Anspruch auf eine Kinsky-Immobilie hätten. Von ungefähr 150 Klagen, die er in Tschechien einbrachte, gewann er eine Hand voll. Ist natürlich besser als nichts.
Natürlich hat das damals eine Debatte darüber ausgelöst, ob der Staat ehemalige Besitztümer zurückgeben darf, soll oder muss. Ich wirkte damals bei einer Diskussion in Prag mit. Trat gegen den neuen Verwandten auf. Mit dem Argument, er könne das ihm Zugesprochene nie auf entsprechende Weise erhalten. Der besaß mit einem Mal drei Schlösser, ein Hotel und eine Burg. – Lag ja auf der Hand, dass er's bloß verkaufen wollte.

Alles, was für unsere Familie gestanden hat, ist heute weg. Nichts wurde erhalten. Nichts wurde gepflegt. Von Anfang an trat ich für eine Verstaatlichung jeglichen Eigentums in Realitäten und aller Ländereien ein. Und: Zumindest vor dem Einsetzen der neoliberalen Privatisierungspolitik

hätte der Staat all das erhalten. Dann hast du eben ein Museum dort. Oder was auch immer. – Aber: Es bleibt erhalten. Für die Nachfahren bestehen.
Ich war gegen den Südamerikaner. Ich habe mich engagiert. Ich hatte davon keinen wie auch immer gearteten Nutzen. Ich habe mich aus ideeller Überzeugung für die Familie eingesetzt. Mir war der Erhalt der Realitäten ein Anliegen.
Wenn ich will, kann ich heute jeden Tag ins Palais Kinsky gehen. Und: Ich kann mich zuhause fühlen. – Weil sich jemand gefunden hat, der die Immobilie erhalten hat.

Das Tragischste, was der Familie passieren konnte, war für mich immer der Verlust der Anwesen und Ländereien. Und vor allem der Verlust der Kontrolle über diese Anwesen.
Das finde ich unfair. Dass wir alles verloren haben, finde ich einfach unfair. Wenn ich näher über mich nachdenke, dann ist eines offensichtlich: Ich bin als Mensch dafür ausgelegt, viel zu haben und viel zu sein. Das ist mir über Generationen hinweg vorgegeben.
Aber: Ich kann es nicht leben. – Und so trage ich nur zur weiteren Verarmung der Familie bei.
Es geht nicht darum, ein Ziel zu haben. Es geht darum, ein Ziel zu erreichen. Und es geht darum, wie ich dieses Ziel erreiche.
Wir hatten etwas vorgegeben. Und wir verlieren nach und nach die Kontrolle darüber. Wir verlieren aber auch das Vorgegebene.
Irgendwann hat einer meiner Urahnen sehr viel geleistet. Er hat es für die Familie getan. Seinetwegen wurden wir als Familie das, was wir waren. – Jetzt verlieren wir alles wieder. Das finde ich einfach nicht fair. – Aber ich bin nicht der, der darüber schmollt.
Ich war immer der, der sich sagte: Irgendwann werde ich genug Geld haben. Und mir das alles zurückkaufen. Ich

verfüge über einen extremen Drive. Ich würde das mit meinem Namen machen. Ich würde das für meinen Namen machen. – In der Verhöhnung all meiner Cousins.

Die Kinsky-Familie war einmal eine kämpferische Familie. Einige von uns haben das geerbt. Andere leben bloß von den Lorbeeren. Die, die von den Lorbeeren leben, sollten diese für immer verlieren. Ich wollte meine Cousins nie treffen. Ich wollte nie etwas mit ihnen zu tun haben. Gar nichts. – Weil die nicht so sind wie ich.

Ich will alles haben! – Ich bekam keinen silbernen Löffel in den Arsch gesteckt. Als kleiner Junge. Ich hatte keinen Vater, der zu mir sagte: Du hast Glück! Wir haben dieses und jenes für dich erhalten können. Eines Tages wird es dir gehören!

Ich möchte mir das, was ich besitze, selbst erarbeitet haben. Das treibt mich an.

Wenn ich sterbe, sterbe ich. – Egal, mit welcher Geschichte. Aber: Als Kinsky wollte ich immer sein wie ein richtiger Kinsky. Das war mir immer schon wichtig. Das wird mir immer wichtig sein.

Es ist nicht abwegig, ein Ritter in einem Orden zu sein. Wenn man ein Kinsky ist. – Es gibt nur eben keine Kinskys in irgendwelchen Orden. – Außer mir!

Und: Ich bin der Letzte in der Familie, von dem du das erwarten würdest. Das kannst du mir glauben. – Im Übrigen ist ein Graf heute nichts mehr. Gar nichts.

Natürlich haben wir einen tollen Familienstammbaum. Bloß kennt den keiner. Und: Mein Vater will nicht darüber reden. Der ist ein richtig sturer Hund. Der will einfach nicht seinen Mund aufmachen. – Ein Kinsky zu sein, ist für den doch völlig uninteressant.

Irgendwo gibt es immer einen Bruch. Eine Lücke. Das Problem ist: Mit meinem Vater endet viel Information. Für immer. Und entweder er spricht. Oder er spricht

nicht. Nur er kann mir bestimmte Dinge erzählen. Dinge, die ich ohne ihn nicht mehr erfahren werde.
Mein Vater ist körperlich am Ende. Er hat bereits mehrere Herzoperationen hinter sich. Mit ihm endet meine Information. Wenn er stirbt, ist es vorbei. Ist im Endeffekt egal. Er hat schon recht. Allerdings könnte ich dir mehr erzählen, wenn ich es wüsste. – So kann ich gar nicht allzu viel erzählen.
Mein Vater war es auch, der gesagt hat: Wir sind gar nicht dafür ausgelegt zu arbeiten. Wir hätten nie arbeiten dürfen! Uns ist es über Generationen so bestimmt, einfach zu sein. Jemand, der ist, was wir sind, sollte einfach sein.
Und: Drei Viertel der Familie leben heute auch noch so. Warum nicht wir? – Weil wir einfach nicht wirtschaftlich agiert haben! Weil sie uns eine Aufgabe gestellt haben, bei der von Anfang an klar war, dass wir sie nie erfüllen werden können! – Sag einem Bäcker, er soll einen Turm bauen! Das geht natürlich schief! – Das muss schiefgehen.
Mein Urgroßvater hat sich entschieden, bürgerlich zu heiraten. Im absoluten Widerspruch zur Familie. Die wollte, dass er in die Kirche geht. Er sollte Pastor werden. Damit wäre die Familie auch in der Kirche vertreten gewesen. Im Übrigen kein schlechter Schachzug. Das wäre ein großer Schritt gewesen.
Mein Urgroßvater aber wollte lieber ficken.
Er und seine Freundin sind nach Genua geflüchtet. Als sie heiraten wollten, hat er seine Papiere gebraucht. Vor die Wahl gestellt, die Papiere zu bekommen, zu heiraten und das Erbe zu verlieren, oder auf die Hochzeit zu verzichten und sein Erbe zu behalten, hat er sich für Ersteres entschieden. Und: Er wurde enterbt. Dem Zweig der Familie muss ich natürlich entstammen. – Eh klar!
Als Resterbe hat man ihm dann den Fuhrpark in Baden weitergegeben. – Den wollte er gar nicht. Der war

ihm scheißegal! Dementsprechend hat er das dann auch verwirtschaftet.

Mein Kind wird auch eines Tages so über mich reden.
Mein Vater war einmal Börsenmakler und Multimillionär.
Und er hat alles verspielt.
Ich war einfach nie dafür ausgelegt, das zu sein. Zu arbeiten.
Dieser Fluch hat über mir gehangen. Ein Leben lang.
Ich wurde aber von einem Medium erlöst. – Das war vor zwei Jahren.
Seither nahm mein Leben eine Wende. Plötzlich stellten sich wieder Erfolge ein. – Das hatte schon sehr an mir genagt. Ich wurde mehrmals verflucht. Und jedes Mal hatte es Wirkung gezeigt. – Seit zwei Jahren läuft jetzt alles ganz gut.
Es war einfach so. – Ich habe nicht viel getan. Nicht ich habe mich verändert. Es hat sich für mich verändert. Interessant, wie das funktioniert.

Ich wollte meinem Vater immer sagen, dass ich ihn lieb habe. Ich habe ihn wirklich lieb. Bereits dreimal ist er beinahe gestorben. Und: Ich hab es immer noch nicht getan. Ich habe es ihm bis heute nicht gesagt.
Ich möchte nicht eines Tages feststellen müssen, dass ich es ihm gern gesagt hätte, aber immer darauf gewartet hatte, dass er es zuerst sagen würde.
Im Endeffekt bleibe ich damit allein. – Er wird es nie sagen. Er wird es nie über seine Lippen bringen.

Auf dem Begräbnis meiner Großmutter hat mein Großvater zu mir gesagt, dass es ihm leid tue. – Er hat sich bei mir entschuldigt! Dafür, dass meine Großmutter nicht mehr länger lebt.

Natürlich hat er sich eigentlich dafür entschuldigt, dass er sie nicht gut behandelt hat. Dass er der Mann war, der er gewesen ist.
Aber ich habe nur die Zeit mitbekommen, als er schon für sie da war. Habe ihn nur erlebt, als er alles für sie getan hat. Und für uns. – Dafür habe ich ihn geliebt.
Von der erweiterten Familie war einer da, der hat das ganze Begräbnis hindurch geweint. Nur geweint hat der! – Du hast gemerkt: Die Familie schickt ihren besten Heuler. Alle anderen sind daheimgeblieben. Der hat von Anfang an geheult. – Und das Beste daran: Er hat die Frau nicht einmal gekannt!
Der hat seinen eigenen Frust verweint. Das macht er immer. Immer wenn wer stirbt, schicken sie den. – Weil: Der ist wirklich gut.

Beim Leichenschmaus waren Opas und Omas beste Freunde versammelt. Da wurde mir bewusst, wie stark Freundschaftsbande sind.
Es gibt Leute, die werden immer wissen, wer du bist. Auch wenn du mit ihnen schon lange keinen Kontakt mehr hast.
Ich bin kein Mann von Beerdigungen. Ich hasse Beerdigungen. Aber: Durch Valerija werde ich in letzter Zeit öfter damit konfrontiert, als mir lieb ist.
In Serbien sind die Familien größer. Da stirbt täglich einer. Die meisten an Krebs. – Ein Geschenk der Alliierten. Alle Bomben der NATO und der USA waren doch nichts anderes als Atommüll. Die haben das Land bombardiert wie die Idioten. Und dann war alles verstrahlt.
Man verteilte Konserven an die Bevölkerung. – Die waren auch alle verstrahlt.
In Serbien sterben heute täglich Dutzende Menschen an Schilddrüsenkrebs. Das ist ganz normal. – Wie bei uns die Grippe.

Das geht dir nah. Ohne dass du es willst, geht es dir sehr nahe.
Ich bin kein Mann von Begräbnissen.
Das Sterben wird an dich herangetragen, ohne dass du es willst.
Ich konnte den Tod jahrelang von mir fernhalten. Ich habe es vermieden, auf Begräbnisse zu gehen.
Ich war auf dem Begräbnis meiner Großmutter. Und fühlte gar nichts. – Ich hatte keinerlei Gefühle. Obwohl ich diese Frau geliebt hatte. – Sie war wie eine Mutter für mich gewesen. Sie hatte meine erste Zigarette mit mir geteilt! Sie hatte mich geliebt. Ich hatte sie geliebt.
Das war eine sehr enge Bindung. – Und: Ich hatte keinerlei Gefühle.
Ich stand in der Aufbahrungshalle. Vor der Urne mit der Asche. Das war meine Großmutter! – Ich fühlte gar nichts.
Ich bin schlecht, was den Tod betrifft. Weil ich ihn nicht respektiere.
Ich kann einfach keine Gefühle freisetzen, nur weil jemand stirbt.
Für mich ist es schlimmer, wenn Valerija drei Wochen nicht bei mir ist, als wenn meine Großmutter stirbt.
Wahrscheinlich, weil meine Großmutter tot ist, Valerija aber wiederkommt. – Ich vermisse nur das, was eigentlich da ist, und was ich nicht haben kann. – Etwas, das für immer weg ist, vermisse ich nicht.

Neun

In meinem Albtraum bin ich zuhause. Es geht nicht um etwas, das ich mir vorstelle. Es geht um etwas, das ich wirklich getan habe.
Ich habe Bauchweh. Ich habe panische Angst. Panik! – Die Panik, die man hat, wenn man jemanden umgebracht hat. Ich denke nicht daran. Ich lebe vor mich hin. Spüre aber, dass sich eine Schlinge um mich enger zieht. Nach einem Muster, das ich kenne.
Wenn man ein Ziel hat, zieht man die Schlinge enger.
Ich spüre, wie das gerade mit mir passiert. Rund um mich wird es enger. Ich versuche darauf zu kommen, was der Grund sein könnte. Ich habe keine Ahnung, warum es passiert. Es wird enger. Irgendwann kommt es heraus: Ich habe jemanden erschossen. Im Vollrausch. In einem anderen Land. In einer anderen Stadt. Auf der Straße. – Mit einem Gewehr.
Jetzt auf einmal ist es präsent. Dann geht es Schlag auf Schlag. Plötzlich bin ich eingekreist. Zu. – Aus!
Ich habe jemanden erschossen. In meinem Rausch. Dann wache ich auf. Im Traum. – Ich bleibe im Traum gefangen. Es läuft mir kalt den Rücken hinunter.
Ich denke: Was bist du für ein Mensch? Wie konnte das passieren? Was ist bloß los mit dir?
Solche Träume bleiben. Das sind keine Träume, die du aufschreiben musst, um sie nicht zu vergessen. Das sind Träume, an die du dich ewig erinnerst.
Der Traum fängt nur mit dem Gefühl des Unwohlseins an. Irgendwann realisierst du aber: Du bist neben dir gestanden. Du hast jemanden umgebracht. – Und sie ziehen die Schlinge enger. Sie ziehen die Schlinge zu. Und: Sie haben dich am Arsch.

Was zurzeit in meinem Leben passiert, folgt einem Muster. Es ist ein gängiges Muster. – Ich kenne es.
Wenn man jemanden loswerden will, dann fängt es damit an, dass man ihm das Auto abzieht. Unter einem Vorwand.
Man nimmt ihm das Werkzeug. Das Werkzeug, das man ihm zum Arbeiten gegeben hat. Alle Gadgets. Die Kameras, die Elektronikausrüstung, das Equipment zur Überwachung. Einfach alles, was du zuhause hast.
Schritt für Schritt fordern sie die Sachen zurück. Es gäbe eine Operation anderswo. Das Material würde dringend benötigt werden, heißt es.
Wenn du nicht damit rechnest, verunsichert dich das. Wenn du nicht weißt, wie das funktioniert. Wenn du das System, diese Matrix, nicht schon einmal erlebt hast, glaubst du, was man dir sagt. Du gibst bereitwillig alles zurück. Fragst, wann du es denn wiederbekämst. – In ein paar Tagen, heißt es.
In Wirklichkeit verschwindet alles. Es geht Schlag auf Schlag. Innerhalb kürzester Zeit ist das Handy weg. Ist die Kamera weg. Ist der Laptop weg. – Sie ziehen alles ab. Und: Sie schneiden dich komplett von jeglicher Information ab. – Keiner redet mehr ein Wort mit dir.

Bei mir passiert das gerade. Ich weiß, wie die Matrix funktioniert. Ich weiß genau, was als Nächstes passieren wird. Ich weiß, was sie denken. Ich weiß, was sie planen.
Sie werden paranoid, wenn sie trinken. Sie steigern sich in etwas hinein. Das passiert in diesem Job. – Ich kenne das schon. Ich kenne die Chronologie.
In der nächsten Zeit werden sie damit fortfahren. – Irgendwann werden sie sich irritiert fragen, warum ich so ruhig bleibe.
Mit dieser Reaktion rechnen sie nicht. – Sie rechnen nicht damit, dass ich das Spiel schon so gut kenne.

Es kann alles heißen. Es kann das Ende bedeuten. Genauso könnte es aber nachher ganz normal weitergehen. Es könnte sich als kurzes Zwischenspiel entpuppen. Sie haben in ihrer Alkohol-Paranoia übertrieben. Erkennen es. Und: Ich bin weiter im Geschäft.
Irgendwo in deinem Leben sitzt immer einer, der mit dir machen kann, was er will. – Er bestimmt, wie's weitergeht.
Es kann weitergehen. Oder es kann wirklich vorbei sein. Und: Ich muss mich damit abfinden. Mir was Neues überlegen.
Ich habe gewusst, dass es wieder passieren kann. Ich habe damit gerechnet, dass es passieren wird. – Ich arbeite schon seit einiger Zeit an meinem Konzept für diesen Fall.

Ich bleibe ruhig.
Ich habe bereits international mit Leuten gesprochen. Habe potentielle Partner und Mitarbeiter getroffen. Es geht alles sehr schnell. Für mich geht es jetzt um ein konkretes Abschließen. Ein Zu-Ende-Führen.
Ich bin komplett cool. – Niemand weiß von meinen Plänen.
Ich war schon einmal Opfer einer solchen Aktion. Damals wusste ich allerdings noch nicht, wie's läuft. Wie sie es machen. – Das waren die schlimmsten sieben Tage meines Lebens. Ich geriet in Panik. Plötzlich sprach keiner mehr mit mir. Ich hatte Angst, den Job zu verlieren. Keine Kohle mehr zu haben. Alles zu verlieren.
Die Taktik geht auf. Wenn du das mit jemandem machst, weißt du: Es geht auf. Der wird aus der Bahn geworfen. Dem zerfällt alles. Vor seinen Augen.

Diesmal ist es anders. Ich habe alles mit Valerija besprochen. Ich befinde mich in Planung dessen, was kommt. Ich bin ruhig. Ich gebe Vollgas für mein eigenes Projekt.

Ich fische nach Aufträgen. Wenn es so kommt, haben sie Konkurrenz. Dann bekommen sie, verdammt noch mal, Konkurrenz.
Es ist ja nicht so, dass ich meine Partner und Verbündeten verlieren würde. Die nehme ich mit. Die teile ich nicht. Die gebe ich nicht preis. Damit rechnen meine Auftraggeber nicht.
Viele der Kunden, die betreut wurden, sind ausschließlich von meinen Informanten beliefert worden. Wenn sie nicht mehr liefern können, habe ich ein Leistungspaket. Wenn sie zu teuer sind, komme ich mit einem besseren Angebot. Ich weiß genau, was sie anbieten. Ich kenne die Preise. Die Verfahren. – Alles. Und: Ich werde pokern. Und: besser dastehen!
Ich bin total gelassen. Mit einem Grinsen im Gesicht werde ich den Rest meines Equipments zurückgeben. Wenn sie an meine Türe klopfen.
Natürlich kriegen die meine Haltung mit. Und: Der Druck wird erhöht.

Meine direkten Vorgesetzten sind Alkoholiker. Und: Sie sind Vollprofis. Die wissen genau, wie sie mit dir spielen. Wie sie dich kleinkriegen. Und: Der Plan geht auf!
Sie wissen immer mehr, als du weißt. Wenn du informationsgeil bist, macht dich das fertig. Plötzlich ist der Kommunikationsfluss gekappt. Und: Keiner ist mehr erreichbar für dich.
Ich unterliege auch anderen Seiten. Von dort kommt allerdings nie etwas. Da herrschen andere Konditionen. Dort habe ich immer irgendwo einen Befürworter. – Im staatlichen Bereich. In der Behörde. So viel lässt sich sagen. Es gibt Leute, die lassen sich nicht davon beeinflussen, was auf dem Markt passiert. Die agieren rein pragmatisch.
Ich kämpfe also ausschließlich gegen die, die sukzessive gegen mich auftreten. – Die mich absägen wollen.

Die Auftraggeber selbst sind unterschiedlichste Unternehmen, Firmen und Privatleute. Aus allen Schichten. – Da ist alles dabei.
Es gibt viele Leute, die Dinge von dir fordern, die du nicht tun willst. Weil sie kriminell sind.
Da ist sie wieder: Die Gratwanderung zwischen Recht und Unrecht.
Was für dich das eine, ist für mich das andere. Du lebst in dieser ständigen Grauzone. Solange es grau ist, geht es ja noch. Aber: Irgendwann kannst du einfach nicht mehr zurück. Wie beim Pokern. Du musst alles aufs Spiel setzen.
Auftraggeber wollen immer viel. Sie zahlen auch gerne gut dafür. – Was sie wollen, muss aber noch lange nicht legal sein.
Es liegt an mir zu sagen: Das mach ich nicht. – Oder: Das mache ich gerade noch.
Erst gestern kam wieder ein Angebot rein, jemanden kaltzustellen. – Ob ich das nicht machen könnte? – Oder: Ob ich nicht zumindest jemanden hätte, der's machen könnte?
Hätte ich jemanden, würde ich's nicht sagen. Ich würd's nicht anbieten.
Ich habe dem Kunden stattdessen eine andere Operation angeboten. Um ihm zu seinem Recht zu verhelfen. Eine Operation, die in meiner Grauzone angesiedelt ist. – Weg von dem, was für mich überhaupt nicht möglich ist.
Das ist natürlich auch eine meiner Aufgaben: Du musst die Leute zurückholen. Zurück zu dem, was möglich ist. Zu dem, was real vorstellbar ist. Was legal ist. – Vieles von dem, was du in Serbien tun kannst, geht in Österreich einfach nicht. In Serbien kannst du Aufträge annehmen, da würdest du bei uns schon schlecht schlafen. In Serbien bedeutet das einfach einen weiteren Befehl an jemanden da unten. Und fertig. – Aber bei uns?

Du überlegst zwei Dinge. Erstens: Ist es möglich? Und zweitens: Willst du, dass es möglich ist? – Wenn du nämlich willst, dass es möglich ist, dann gibt es auch andere, für die es möglich wäre. Und damit kannst du die Sicherheit, in der wir heute noch leben, vergessen. Ein für alle Mal. Durch eine Aktion, die du setzt, kannst du vieles für immer zerstören.

Das ruft Trittbrettfahrer auf den Plan. Alle Leute, die dazu bereit sind, gehen dann diesen Weg. Und auf einmal lebst du in einer Gesellschaft, in der du dich auf verdammt dünnem Eis bewegst. Ein Leben ist dann nicht mehr sehr viel wert.

Allein, um das zu verhindern, kann ich bestimmte Dinge nicht anbieten. Ich will schließlich auch nicht, dass jemand anderer so einen Scheiß macht.

Ich könnte jede Sache einfädeln lassen. Ich stelle mir aber die Frage nicht. – Ob ich's machen könnte? Aus moralischen Überlegungen? – Ich mache es nicht! – Ob ich Kontakte herstellen könnte? – Ja! Das schon.

Im Endeffekt aber hat das jeder für sich zu entscheiden. Gerade in meiner Welt gibt es so etwas wie gemeinnützige Gedanken nicht. Das existiert nicht.

Ich könnte den Kontakt herstellen. Ich könnte das Geld kassieren.

Ich würde es aber nicht machen.

Das will ich für mich nicht. Das entspricht mir nicht. Es gibt gewisse Dinge im Leben, die verkaufe ich nicht.

Nicht einmal für sehr viel Geld verkaufe ich die. Wenn du mir sagst: Ich zahle dir deine Schulden und gebe dir 20 Millionen. Wenn du es tust. – Ich würde sagen: Lass mich mit meinen Schulden. Und: Verpiss dich!

Bei solchen Sachen bist du hinterher immer der, der übrig bleibt. – Das mache ich nicht.

Im Moment passe ich ihnen jedenfalls mal wieder überhaupt nicht ins Bild. – Ich bin wohl zu teuer. Leiste nichts. Tu ja nichts für mein Geld. – Gut, sollen sie mich eben abbauen.

Das Wichtigste für mich ist, dass Valerija da ist. Dass ich eine Freundin wie sie habe. Dass sie Bescheid weiß. Und: Dass es Freunde gibt. Auch wenn ich ihnen davon nichts erzähle. Wenn sie davon gar nichts mitbekommen. Mich stabilisiert das. Gerade in so einer Situation.
Ich beziehe viel Kraft von meinen Freunden. Auch wenn es nicht sehr viele von ihnen gibt. Auch wenn die, die es gibt, davon gar nichts wissen. Es ändert nichts daran: Sie geben mir Kraft.
Das letzte Mal, als es passierte, war ich alleine. Das war natürlich genau, was ich überhaupt nicht brauchen konnte. Ich konnte damit nicht umgehen. Die Situation hat mich psychisch extrem belastet. Ich konnte das Geschehen mit niemandem teilen. Das war Horror! Sie zerlegen deine Existenz. Kontinuierlich. Ohne Vorwarnung. – Und: Du bist alleine damit.

Ich bekomme keine Aufträge vom Staat. – Ich liefere Aufträge an den Staat. Ich bekomme Material von meinen Informanten. Das gebe ich 1:1 an den Staat weiter.
Wenn der eine Operation machen will, kann er zwischen seinen eigenen Leuten oder mir wählen. Wenn ich es mache, werde ich als VE, als verdeckter Ermittler, aktiv. Wenn nicht, werde ich mir jemanden aus dem Team aussuchen, das mir der Staat zur Verfügung stellt.
Ich bekomme zum Beispiel einen Hinweis auf einen Drogendeal. Wenn ich's selber mache, werde ich zum Einkäufer. Und: Wenn ich genug gekauft habe und über die Namen der Beteiligten verfüge, gibt's eine große Aktion von behördlicher Seite. – Das Ganze wird beendet.

Wenn ich's aber nicht selber machen will oder kann, dann wird mir eine verdeckte Persönlichkeit nach Möglichkeit angeboten. Das heißt: Typen-Casting. Aus dem Pool der verdeckten Ermittler des Staates. – Dem ist egal, was er macht. Der wird für eine Aktion eingeschleust. Und fertig. – Der wird vom Staat bezahlt.

Ich bekomme die Aufträge über eine Firma. Ein privates Unternehmen, das mit dem Staat zusammenarbeitet.
Die Matrix, in der operiert wird, lautet: Ich und der Staat. Meine Firma und der Staat. Ich und meine Firma. Die VEs und der Staat. Die VEs und ich. Die VEs mit meiner Firma. Oder umgekehrt. – Das ist die Matrix, in der ich mich bis jetzt bewegt habe.

Wenn eintritt, wovon ich ausgehe, möchte ich in Zukunft ausschließlich im Operativen tätig sein. Vom Bereich der Informationsbeschaffung weg. Der sagt mir immer weniger zu. Der wird immer dunkelgrauer. Hin zum Anbieter von Serviceleistungen. – Zum Beispiel für große Frachtunternehmer.
Allein in den ersten fünf Monaten des Jahres 2006 hat es weltweit 270 Angriffe und Übergriffe von Piraten gegeben. Mit horrenden Lösegeldforderungen für Personen und Sachgüter.
Ein Frachter am Meer steht da wie ein riesengroßes Wohnhaus. Und: weit und breit keine Wachstube. Nirgendwo Hilfe. Und dann kommen die mit Banana-Boats und entern das Ding!
Da wollen wir einhaken. Und eine Dienstleistungsnische für uns öffnen, indem wir die Schiffe mit speziell geschulten Teams beschützen. – Über Häfen an der Adria. Mit 25–30 Mann pro Boot. Als Sicherheitseskorte.
Einen Deal oder zwei zu Beginn: Und wir müssen uns keine Sorgen mehr machen. Plus: In dem Moment, wo's

funktioniert, habe ich mich von der Grauzone entfernt. Und zwar maßgeblich. – Das ist eines meiner vorrangigen Ziele. Wenn ich draußen bin, fällt meine Deckung. Ich fliege auf. Die Mundpropaganda tut den Rest. – Ich bin draußen. Weg vom Fenster. Die machen mich fertig.
Da musst du verdammt aufpassen.
Auf einer partnerschaftlichen Ebene zu bleiben ist mir wichtig. Um beispielsweise dem ehemaligen Unternehmen ein zusätzliches Service anbieten zu können. Ich betreibe Outsourcing. Mit mir selbst. Mit meiner Leistung.
Ich will keine Trennung in Unfrieden. Ich strebe eine mittel- und längerfristige Kooperation an. Zur möglichen Erweiterung der Produktpalette.
Wenn mir das gelingt, wäre das für alle Beteiligten das Beste.
Offiziell bin ich jetzt eine Woche lang auf Urlaub. Und: Sie starten diese Aktion! Ist schon auffallend: der Zeitpunkt.
Ich weiß nicht, wie es laufen wird. Ich weiß nicht, wie es ausgehen wird. – Hoffe aber, es kommt nach meiner Rückkehr zu einem Gespräch. Da lege ich ihnen dann meine Ideen vor. Ich spiele mit offenen Karten. Ich zeige meine Bereitschaft. Mein Interesse an einer weiteren Zusammenarbeit. Mein As: kostengünstige, auftragsspezifische Bezahlung statt teurer Anstellung. Alles in einem neu definierten Sektor. Mit neuem Fokus und unter veränderten Rahmenbedingungen. Könnte eine klassische Win-win-Situation werden. – Ich könnte mir vorstellen, dass sie darauf einsteigen.

Zehn

Als die Firma 2000 krachte, wurde ich angesprochen. Ich sollte gegen die übrigen Partner aussagen. – Als Kronzeuge.
Es war klar: Da war Geldwäscherei im Spiel. Da gab es Auslandskonten. Transfers. Das war nicht mehr zu verbergen. – Ich weiß nicht, wie viele Auflagen wir gebrochen hatten. Ich war total im Arsch. Total auf Drogen. Ich erlebte alles weggespaced. Dachte nur: Ich mache alles! Aber: Rettet meine Haut!
Meine ehemaligen Partner sind ins Ausland abgehauen. Zuerst haben sie mit den Italienern um die Firma gepokert. Um die Firma und ums Leben. Dann sind sie untergetaucht.
Ich war der Assistent von Goldberg. Ich konnte nicht anders, als mit ihm mitzuziehen. Wäre ich nicht mitgegangen, wäre ich früher oder später mit den Italienern übergeblieben. Das wollte ich nicht. – Also zog ich mit ihm.
Man sagte mir: Du wirst hier nie wieder arbeiten. Dafür sorgen wir. – Und: Sie sollten recht behalten. Ich bekam nie wieder einen regulären Job.

Ich weiß, dass Pullman und Goldberg heute immer noch als U-Boote leben. Die heben nicht ab, wenn ich sie anrufe. Die reden nicht mit mir. Sie wechseln pausenlos die Wohnsitze. Mittlerweile in England. Aber trotzdem. Ständig auf Achse. Damit es nicht nachvollzogen werden kann. Ein Leben auf der Flucht. – Das kann's ja nicht sein.
Wie lange das gutgehen kann, weiß ich nicht. Pullman hat ja eine Tochter. Die lebt bei der Mutter. Die hat einen neuen Freund. Pullman war einverstanden damit. Solange er die Kleine sehen kann, wann er will. Er war ein Jahr lang im Knast. Weil er sich geprügelt hat. Ein Delikt, für

das du in England schnell mal sitzt. – Das war das Letzte, was ich von ihm gehört habe.
Mit Goldberg habe ich keinen Kontakt. Er vermeidet ihn. Er traut mir nicht.
Manchmal hebt seine Frau ab. Manchmal ruft sie mich nach zwei Tagen zurück. Kommt mit irgendeiner Ausrede.
Goldberg vermeidet den Kontakt, weil er Angst hat. Er hat Angst, wenn er sich mit mir trifft, könnte ich die Interpol dabeihaben.
Pullman und Goldberg haben den Kontakt mit mir abgebrochen. Ich habe immer versucht, ihn zu halten. Ich habe versucht, mit ihnen zu reden. – Aussichtslos. Keine Chance.
Auch wenn Goldberg mein Schicksal mitbestimmt hat, auch wenn er maßgeblich dazu beigetragen hat, dass mein Leben so verlaufen ist, mit all den Höhen und Tiefen: Ich schätze ihn! Für mich hängt sehr viel an dem, was einmal war. Auch wenn ich alles verloren habe. Für mich hängt sehr viel an dem, was zwischen uns war.
Goldbergs Wertvorstellungen prägten mich. Und: Ich wehrte mich dagegen.
Ich kämpfte lange dagegen an. Ich wollte nicht die Person sein, die Goldberg aus mir gemacht hatte. Bis es mir ab einem gewissen Punkt schon wieder wichtig wurde, daran festzuhalten. Goldberg war keine Vaterfigur für mich. Er war mehr! – Er war wie ein Vater. Er hat mich behandelt wie einen Sohn.
Natürlich nutzte er mich aus. Aber er behandelte mich wie einen Sohn. Er nutzte mich aus. Nach Strich und Faden. Er machte aus mir eine Geldmaschine. Er versuchte, mein Hirn zu waschen. Meine Gedanken zu lenken. Er erklärte allen, ich sei sein bester Mann. Leider sagte er immer, hätte er aber, als er mich schuf, vergessen, mir Emotionen zu geben. Er hätte ein Monster geschaffen, sagte er. Und: Er hätte vergessen, ihm Gefühle zu geben. I made a

monster, I only forgot to give him feelings and emotion. Ich kämpfte innerlich immer dagegen an. Ich hatte Emotionen! Aber: Ich spürte nicht mehr, was ich wirklich fühlte. Er hatte mich zu einer Person gemacht, die ich nicht mehr kannte. Zu einer Person, die mir fremd war.
Nachdem alles in sich zusammengefallen war, arbeitete ich hart daran, nicht das Monster zu sein, das er erschaffen hatte. Von dem er sagte, dass er es erschaffen hätte.
Ich veränderte mich komplett. Mit meinem alten Ich verlor ich auch die Beziehung zu Goldberg. Und: Es tut mir leid, ihn verloren zu haben. Ich mochte Goldberg. Und ich weiß: Goldberg mochte mich. – Sehr.

Als das Geschäft noch lief, wartete ich den ganzen Tag darauf, wieder in die Disco zu können. Zu den Drogen.
Ich nahm Ecstasy, Kokain, Speed. Manchmal LSD. Hin und wieder Magic Mushrooms. – Was man eben so bekommen hat. Oft gab's Ecstasy. Mit Heroin gestreckt.
In meiner Broker-Zeit brachte ich mich ein paarmal fast um mit dem Zeug. In der Szene ging's nur darum, wer mehr konnte. Wer besser war. Das war knallharter Konkurrenzkampf. Das setzte sich natürlich beim Saufen und anderen Dingen fort.
Einmal trank ich einen Screwdriver, den ein anderer nicht trinken wollte. – Einen Viertelliter Whisky!
– Was bist du für eine Lusche, Alter! – Schau her, schau mir zu! – So geht das!
Ich kippte das Zeug runter. Ohne die Miene zu verziehen. Das war nur kurz unten. Dann kam's in einem Schwall wieder hoch. Ich kotzte die ganze Bar voll. Und war trotzdem der Hero.
Einer stopfte mir dann eine Pille rein. Und meinte, gleich ginge es mir besser. Er gab mir dann noch drei. – Ich bekam gar nichts mehr mit. Das nächste Bild, das ich heute noch abrufen kann: Wir sitzen in einem Taxi, auf dem

Weg zur Disco. Ich komplett im Arsch. Und: Der schiebt mir noch drei Tabletten rein. Innerhalb einer halben Stunde viermal Ecstasy! – Mit Heroin gestreckt!
Als ich im Taxi lag, wusste ich: Wenn du die Augen schließt, bist du tot. – Ich sah das Schwarze! Ich sah: Da ist nichts mehr! Schwarz! – Wenn du die Augen zumachst, bist du für immer verloren. Ich schaffte es, irgendwie noch ein Auge offen zu halten. Dann sind wir in die Disco rein. Da stellten sie mich hin. Das Nächste, an was ich mich erinnern kann: Goldberg macht den Typen, der mir die Tablette gegeben hatte, fertig. Ich war sein Protegé! Er beschützte mich! Ich konnte nicht mehr reden. Brachte nichts mehr heraus. Goldberg kümmerte sich um mich. Ich trank Mineralwasser. Jede Menge. Und: Irgendwer stellte mich dann auf die Tanzfläche. Ich zitterte am ganzen Körper. Und bewegte mich wie ein Roboter. Ich beobachtete mich selbst. – Von links oben schaute ich mir selber zu.
In der Früh stand ich dann vor meiner Wohnung. Versuchte eine Stunde lang den Schlüssel in das Schlüsselloch zu bekommen. Ich war 48 Stunden drauf. Bin komplett hängengeblieben.

Ein anderes Mal zogen wir in London 20 Gramm. In einer Nacht. Da sah ich das Schwarze wieder. Ich war weg. Zwei Minuten später wachte ich auf. Ich war plötzlich alleine. Und hatte eigenartigerweise Hunger. – Hunger hast du beim Koksen keinen. Ich aß was. Behielt's bei mir. Ging dann schlafen. War 42 Stunden weg. – Ich überlebte es. Dachte aber währenddessen immer: So, das war's. Jetzt stirbst du. Alleine in einer Scheißwohnung in London.
Solche Drogenerlebnisse hatte ich einige. Im Endeffekt zerstörten mir die Drogen viel. Und: Sie brachten einiges an Erfahrung. Man ändert einfach seine Ansichten gegenüber dem, was wirklich möglich ist.

Die Drogen zerstörten meine Leistungsfähigkeit. – Ich verlor alles. Innerhalb kürzester Zeit habe ich alles verloren. Ich habe nie andere dafür angeklagt. Ich habe nie gesagt: Alle anderen wären daran schuld, dass ich meine Firma verloren habe. – Ich hatte mich einfach nicht darum gekümmert. Ich ließ alles an mir vorbeiziehen. Wartete nur darauf, die nächste Line schneiden, die nächste Pille einwerfen zu können.

Und trotzdem zog ich in meinen zweieinhalb Stunden Nüchternsein am Tag die größten Deals durch. Brachte neue Kunden an Land. Eröffnete Ein-Millionen-Konten, Fünf-Millionen-, Zehn-Millionen-Konten. – Es war mir egal. Ich hatte keine Angst. Vor niemandem. – Vor nichts.

Die neuen Broker hatten die Hosen voll. – Ich aber: Kam. Sah. Siegte. Das war, was ich tat. Jeden Tag. Wer war der Beste bei den Sales Games? – Ich war immer oben! Ich war unschlagbar! – Ich war eineinhalb Jahre lang unschlagbar.

Das einzig Gute an den Drogen waren die Erlebnisse. Du bist drei Tage munter. Siehst Leute auf der Straße. – Die sind gar nicht da! – Aber: Du siehst sie! Auf Speed geht's dir so! Wie wenn du die Parallelwelt sehen kannst! – Und: Ich bin überzeugt, es gibt sie! Wir haben nur verlernt, sie ohne Drogen wahrnehmen zu können.

Das sind Dinge, die kann mir einfach keiner wegnehmen.

Als ich aus London zurückkam, meldete ich mich bei ihnen.

Ich wollte meine Schulden regeln. Wollte überleben. Alles richtig machen. – Ich wollte die Illusion aufgeben, etwas Besonderes zu werden.

Ich gründete die Band, fing an, Musik zu machen. Alleine. Zu zweit. Zu viert.

Bereits in London hatte ich vor dem Supermarkt gestanden. Mit der Gitarre in der Hand. Hatte 30 Pfund am Tag gebracht.
Damals wurde mir klar: In der Musik liegt für mich sehr viel!
Das brachte ich nach Österreich mit. – Wir hatten Hitpotential. Aber keinen Erfolg.
Ich nehme an, das lag nicht zuletzt an der Einstellung der Bandmitglieder. Mich eingeschlossen. Es lag sicher auch daran, dass wir in Österreich waren. Wir hatten die Mittel nicht. Nicht die Leute, die 100 Prozent an uns geglaubt hätten. – Wir bekamen null Resonanz auf das, was wir machten.

Lange Zeit passierte dann gar nichts. – Dann kamen sie auf mich zu. Damals war ich an einem Lokal beteiligt. Im achten Bezirk.
Ich nahm ein paar Aufträge an. – Daraus wurde allmählich mehr. Kurz kellnerte ich wieder. – In einer Pizzeria im 18. Bezirk.
Eines Tages kam ein Anruf. Man fragte mich, ob ich denn mein Leben lang kellnern möchte. – Die wussten Bescheid!
So fing es an …

Ich habe eine militärisch-strategische Ausbildung. Wann ich sie gemacht habe, sag ich dir nicht. Wo ich sie gemacht habe, weiß ich nicht mehr.
Es wurde vermutet, dass ich einen militärischen Background hätte: nur aufgrund meiner Handlungsweise.
Ich hatte mich mit 15 bei der Reserve gemeldet. Bei den Marines. In Deutschland. – Drei Monate Vollgas! Da geht's dahin. Kampfführung. Gruppenführung. Mann gegen Mann. Was machst du, wenn du dem Feind Aug in Aug gegenüberstehst? Solche Geschichten! – Verwende

ich zuerst mein Bajonett, um den Gegner aufzuschlitzen? Oder schieß ich ihm vielleicht zunächst einmal ins Knie? Damit er sich nicht mehr bewegen kann. – Falls er größer ist als ich.
Die Reservisten sind die Ersten, die man vorschickt. Die sind die Dunkelziffer. Wenn die umkommen, werden sie nicht gezählt. Wenn du heute in den Nachrichten hörst: zwölf Marines bei Anschlag in Bagdad getötet, dann sind ungefähr 40 Leute draufgegangen. Aber die Reservisten werden nicht gelistet. Die erwähnt keiner. – Waren ja nur Reservisten. Quasi Zivilisten.
Ich habe die Ausbildung gemacht. Und bin wieder zurückgekommen. Mit nichts! – Außer einer gründlichen Gehirnwäsche.
In meinem Leben bin ich öfter mal gebrainwashed worden. Von allen möglichen Menschen. Weil ich immer gerne auf jemanden reingekippt bin. Oder etwas als Wahrheit angesehen habe.
Das war bei den Marines so. Als Broker. – Das zieht sich durch.

Ich habe in meinem Leben nie gekämpft. Ich bekam oft eine auf die Schnauze. Einmal hat mir ein Gegner die Nase gebrochen. Als Türsteher schmiss ich eine Menge Leute raus. Aber ich kann mich nicht erinnern, jemals mit jemandem gekämpft zu haben. Weder mit den Fäusten. Noch mit irgendwelchen Waffen.
Ich wurde zweimal angeschossen. Einmal ging eine Kugel ins Schienbein. Da splitterte ein Stück vom Knochen weg. Ein anderes Mal erwischte mich ein Streifschuss am linken Oberarm. Die Wunde war jahrelang zu sehen. Durchs Bräunen ist die Narbe verschwunden. Die ist heute weg.
Beides hatte sich in Lokalen abgespielt. In meiner Gastronomiezeit. Die Schienbeingeschichte passierte bei einem Schuss durch die Eingangstüre. Von außen.

Wir hatten ein paar Typen rausgeschmissen. Die waren weg. Doch sie kamen plötzlich wieder. Einer ballerte durch die Türe. Drei-, viermal. Willkürlich. Eine Kugel erwischte mich. Ich spürte es zunächst aber gar nicht.
Du spürst einen Schuss nicht. Vergiss diese Hollywood-Inszenierungen! Es wird nur warm. Dann greifst du hin: spürst das Blut. Und: siehst es.
Wenn die Kugel drinnen steckt, tut's richtig weh. Wenn's ein Streifschuss war, hast du Glück gehabt. Dann war's das auch schon wieder. – Ist wie eine Abschürfung, wenn du vom Fahrrad stürzt.
Das zweite Mal war im Atrium, am Schwarzenbergplatz. Da haben sie einen Bekannten erstochen. Und mich hat's erwischt. Mit einer Gaspistole. Da wurde auf mich geschossen. Drei Typen sind dann bei der Türe raus. Wir sind hinterher.
Ein Typ hat oben gewartet. – Mit einem spitzen Schraubenzieher. Er hat uns durch die Türe attackiert. Er hat meinem Bekannten direkt ins Herz gestochen. Der wurde kreidebleich. Wankte zurück. Sagte noch: Ich bin müde. Und war auf der Stelle tot.
Dann kam die Polizei. Die haben die drei erwischt.
Ich habe bereits in sehr frühen Jahren einen guten Freund verloren. Den haben sie aufgeschlitzt. – Tot!
Damals war ich nicht dabei. Das erfuhr ich aus der Zeitung.
Ich war erschüttert.

Wenn ich jemanden aus einem Lokal rauswerfe, dann ist das kein Kampf. Wenn ich einen aggressiven Betrunkenen mit einer Handbewegung umstoße, dann ist das auch kein Kampf.
Einmal habe ich mit einem Freund gerangelt. Dem habe ich drei Ohrfeigen gegeben. Dann hat er mich angegrif-

fen. Und ich habe ihn umgehauen. – Ich würde es dabei belassen: Ich habe in meinem Leben noch nie gekämpft. Ich versuchte auch immer zu vermeiden, kämpfen zu müssen. Ich wunderte mich immer schon, wie ich es schaffe, um Kämpfe herumzukommen. Es war immer am Brodeln. Rechts und links. Vor mir und hinter mir. – Aber: Ich bekam nichts ab!
Ich hatte immer ein Milchgesicht. Und nur ein Besoffener würde mit einem Milchgesicht kämpfen.

Als Türsteher bin ich oft geschlagen worden. – Ich war nie einer, der darauf reagiert hätte. Aufs Geschlagenwerden. Mir taugt das teilweise sogar. Oder besser: Mir hat es jedenfalls mal getaugt.
Ich stehe an der Tür. Im tiefsten Winter. Bei minus vier Grad. Wirklich saukalt. Mit zwei Pullovern, zwei Kapuzen über dem Kopf. Ich weise eine Gruppe ab. Die drehen um. Und der Letzte schlägt zu. Im Weggehen – Bamm! Voll eine aufs Maul!
Ich reagiere nicht darauf. Bleibe cool. Er ist nicht reingekommen: Ziel erreicht!
Ich bin dann runter. An die Bar. Hab mir ein Red Bull geholt. Den Mund ausgespült. – Das war's.
Ich bin nie darauf eingestiegen, wenn mich jemand angegriffen hat.
Heute ist das anders. Heute erlebe ich mich zunehmend aggressionsbereiter. Ich bringe mich aber trotzdem nicht in eine Situation, in der damit zu rechnen ist. Außer ich bin fett. Dann passiert so etwas einfach.
Im Grunde habe ich eine hohe Aggressionsschwelle. Mich bringt nicht so schnell was aus der Fassung. Meine Rache sieht anders aus. Wenn ich jemanden fertigmachen will, passiert das auf anderen Ebenen.
Ich drohe Leuten nicht an, sie zu schlagen. Sollte es so weit kommen, hau ich dem anderen gleich eine aufs Maul.

Ich rede nicht lange drum herum. Bringt ja auch nichts. Wenn jemand meine Freundin oder einen guten Freund bedroht, brauche ich nicht diskutieren. Da gibt es nichts zu reden.

Wenn du Angst hast und dir eine Waffe zulegst, bist du eine Gefahr. Weil du sie auch benutzen würdest. Hast du eine, benutzt du sie. Früher oder später verwendest du sie.
Ich besitze eine Waffe. Aber ich ziehe sie nicht. Ich zeige sie nicht mal her. Ich bin kein Mensch, der mit der Waffe herumfuchtelt. Ich trage sie auch nicht immer bei mir.
Jetzt habe ich sie dabei. Aber ich vermittle dir nicht, dass ich darüber reden will. Ich möchte sie dir nicht zeigen.
Ich kenne viele Leute, die ihr Ding auspacken. Blöd damit herumspielen.
Ich verstecke, was ich habe. Und: Ich kann dreimal überlegen, ob ich sie ziehen werde.
Stell dir vor, ich hätte die Waffe. Und jeder sieht, dass ich sie habe. Wenn dann einer angreift, tut er das, obwohl er sieht, dass ich sie habe. – Er muss also auch bewaffnet sein, sonst würde er mich nicht angehen. Außerdem muss er das Potential haben, sie auch tatsächlich zu verwenden. Ich bin also in einer Position, in der ich nie sein wollte. In einer Lage, in die ich mich nie bringen wollte.
Wenn der andere nicht weiß, dass ich eine Waffe habe, und er geht mich mit einer an, kann ich mir immer noch überlegen, wie ich reagiere. Ob ich darauf einsteige. – Oder nicht.
Ich halte meine also zuhause unter Verschluss. Weg von den Gesichtern neugieriger Freunde. Ich möchte niemandem erklären müssen, wie so ein Ding funktioniert.
Mir wäre überhaupt am liebsten, es gäbe sie nicht. Fertig.

Ich bin kein Fan von Waffen. Ich war nie einer. Wo sie sein müssen, müssen sie sein. Wo sie gebraucht werden, können wir sie liefern. – Aber ich bin kein Fan davon.

Ich war immer ein bisschen mehr als andere. Ich wollte nicht als Dicker beschimpft werde. Also hab ich mit 13 angefangen, Gewichte zu stemmen. Um Muskeln aufzubauen. Das hat meinem Ego geholfen. Ich wurde dann auch bald nicht mehr als kleiner Fetter gehandelt. Ich war plötzlich massiv. Reine Muskelmasse!
Dass Sport, vor allem Sport, bei dem es darum geht, viel Muskeln aufzubauen, gefährlich sein könnte, hat mir damals keiner gesagt.
Ich habe Gewichte gehoben. Und Football gespielt.
Ich experimentierte mit Anabolika. Nahm Steroide und diverse Aufbausubstanzen. Irgendwann hatte ich so viel Übergewicht, dass meine Knochen aufgaben. – Kein Halt mehr.
Heute sind meine Gelenke kaputt. Ist meine Wirbelsäule kaputt. Mein Herz ist schwach. Ich habe nicht die beste Lunge. Vom Rauchen. Der Sport hat den Bewegungsapparat ruiniert. Die Drogen haben das Herz und die Lunge angegriffen.
Ich hatte jahrelang Zahnfleischbluten. Und frühen Haarausfall. Von der Chemie. – Vom Speed bekommst du extremen Haarausfall. Und Zahnfleischschwund. Das ist wieder besser geworden. Heute wackeln die Zähne nicht mehr.
Die Drogen haben mehr das Hirn und das Herz angegriffen. Die sind nicht gut fürs Herz und die Gefäße. Ein Problem außerdem: der extreme Gedächtnisschwund!
Wenn ich mich darauf konzentriere, dir alles zu erzählen, was passiert ist, merke ich, wie vieles mir fehlt. Nur langsam kommen auch Dinge, die ich bereits vergessen hatte.

Oft fehlen mir Wörter. Ich weiß nicht, wie ich etwas sagen soll.
Es ist mir nicht nur einmal passiert, dass ich mit dem Hund auf die Gasse gegangen bin. – Und ohne Hund wieder heimgekommen bin. Das ist mir oft passiert.
Oder: Ich steige aus dem Auto aus. Und versuche mit dem Autoschlüssel das Haustor aufzusperren. – Das mache ich heute noch manchmal.

Elf

Mit vielen Dingen habe ich mir selber sehr weh getan. Ich kann mich daran erinnern. Aber ich weiß bis heute nicht, warum ich's getan habe.
Das erste Mal bewusst passierte es, als ich fünf Jahre alt war. Ich habe das nie jemandem erzählt. Ich weiß bis heute nicht, was mich damals dazu gebracht hat. Warum ich es getan habe. Es war Winter. Ich hab mir den schwarzen Bademantel meiner Schwester angezogen. Bin mit dem Bademantel, einer Kerze und einer langen, spitzen Nadel in ein selbstgebautes Iglu im Garten. Hab die Kerze angezündet und versucht, die Nadel durch den Bademantel zu bohren. Direkt in den Bauch. – Da war ich fünf.
Erklären kann ich's mir nur durch die Situation. Durch eine beschissene Scheidung wurde ich aus dem normalen Leben gerissen. Und landete im Missionarsleben, das meine Mutter führen wollte. Als wiederbekehrte Christin ist sie mit uns durch die Welt gereist. – Bevor andere Kinder das Haus verlassen, hatte ich bereits die Welt gesehen.

Ich weiß nicht, warum ich das getan habe. – Ich glaube, es war etwas Sexuelles. Ich hab schon sehr früh versucht, sexuellen Schmerz zu empfinden. Mit zwei oder drei Jahren habe ich im Schlafzimmer meiner Eltern gesehen, wie eine Frau anal gefickt wird. – Ich habe bei meinem Vater am Nachtkästchen Pornohefte gefunden. Da war alles drinnen, was du in dem Alter nicht unbedingt wissen musst.
In der Schule lief ich in den Pausen aufs Klo. Um mir Stecknadeln mit bunten Knöpfen in den Arsch zu stecken. Mehrere. In die Arschbacken. Durch die Haut. Ganz tief rein.

Das ging durch eine Hautschicht durch. Durch die zweite. Dann hast du was gespürt. Dann war's im Fleisch. Es hat sich einfach reingeschoben. Bis es ganz drinnen war. Das war ein totaler Kick für mich.
Andere haben sich gekratzt, geschnitten. Was ganz klar ein Schrei nach Aufmerksamkeit ist. Ich wollte das nie mit irgendjemandem teilen. Das war nur für mich. – Mein Geheimnis.
Nach der Schulzeit war das vorbei.

Ich hatte sehr früh sexuelle Erfahrungen. Mit der Nachbarin. Ich habe sie geschleckt. Sie blies mir einen.
Ich kann mich erinnern, dass es mir in der Kindheit verboten war, mich selbst zu befriedigen. Was heißt: Da auch nur hinzugreifen, war tabu. Ich hab damals den Quelle-Katalog als Vorlage benutzt. Die Seite mit den Videos. Unter der Dusche hab ich's mir dann gemacht. Mit dem Duschkopf. Indem ich den Strahl auf die Unterseite meines Schwanzes spritzen ließ.
Ich leckte die Muschi meiner Nachbarin. Spielte mit ihr. Damals wohnten wir in Wien. Am Gürtel.
Wir haben so getan, als würden wir's tun. Ich konnte zwar einen Harten kriegen. Aber: Gelaufen ist da noch nichts.
Ich war schon sehr früh sexuell aktiv. Auf eine perverse Art und Weise, die mir bis heute selber nicht verständlich ist. Damals war das was Besonderes. Heute interessiert's mich nicht mehr.
Heute bin ich nicht mehr so veranlagt. Heute hört es mit Arschficken auf für mich. – Mehr brauch ich nicht.
Als Kind habe ich mich für meine Fantasien geschämt. Ich habe mich nicht nur dafür geschämt: Ich hatte Angst, erwischt zu werden. Eingesperrt zu werden. Im Gefängnis zu landen.
Wahrscheinlich hätte ich einfach eine Therapie machen müssen. Oder irgendeinen anderen Scheiß.

Diese Angst ist mir jedenfalls geblieben. Ein Leben lang. Die Angst vor dem Gefängnis.
Die Angst hat erst aufgehört, als ich dachte: Das würde mir ohnehin nie jemand abkaufen. Dass ich ein abnormer Rechtsbrecher bin. Dafür bin ich einfach zu normal.
Ich hatte immer Angst vor der Polizei. Ich habe kriminelle Handlungen immer vermieden. Mit einer an Paranoia grenzenden Angst, bei irgendetwas erwischt zu werden.
Ich habe nie gestohlen. Habe nie die Schule geschwänzt. Sachen, die für andere Kinder normal waren, waren für mich tabu. – Die perversen Seiten des Lebens aber waren mir mit zehn schon so bewusst wie sonst was.
Ich war meinem Alter voraus. Ich war meinem Körper voraus. Ich saß schon mit Japanerinnen im Schaumbad. Wir trieben es zu viert. – Da träumten andere Kinder noch vom Kasperl.

Ich war in meinem ehemaligen Freundeskreis sehr unbeliebt. – Ich spannte den Freunden regelmäßig die Freundinnen aus. Wenn sie mir gefallen haben, habe ich sie gefickt. Die Freunde haben mir dann die Freundschaft gekündigt. Verständlicherweise. – Das ist auch nichts, auf das ich heute besonders stolz wäre. Ich war einfach so. Konnte nicht anders. Ich dachte: Wenn mein Freund die hat, kann ich sie schon lange haben.

Heute tut mir das leid. Im Nachhinein weiß ich: Das ist eine Sache, die wirklich uncool war. Ich hab mich auch dafür entschuldigt. Jahre später hab ich mich dafür entschuldigt. Ich war so: Tut mir leid. – Warum, kann ich dir nicht erklären …

Ich hatte mein erstes Auto mit fünfzehn. Einen Opel Kadett C, um 1.000 Schilling. Mit dem fuhr ich über eineinhalb Jahre herum. Immer wenn sie mich aufhielten, mach-

te ich einen auf Amerikaner. Ich hatte einen gefälschten amerikanischen Führerschein. Den verwendete ich beinhart. Ich wollte testen, wie weit ich mit den Polizisten gehen kann. Ich wurde in den unmöglichsten Situationen aufgehalten. Immer war ich der amerikanische Tourist mit dem gefälschten Ausweis.
Ich konnte immer irgendwelche Mädels dazu überreden, ein Auto für mich anzumelden. Das habe ich lange betrieben. Bis 23 bin ich ohne Führerschein Auto gefahren. Längere Zeit hatte ich dann zwar keines mehr, borgte mir aber immer wieder eines aus. Mit 24 wurde ich dann langsam zu alt für die Nummer als Amerikaner. – Ich machte den Führerschein.
Jetzt hab ich einen! Kannst du mir glauben! Seit drei Jahren hab ich offiziell einen!
In London, in New York, in Italien. Überall war ich unterwegs. Ohne Führerschein! Ich liebe Autofahren! Über alles! Eine der schönsten Sportarten der Welt! Ich mag's wirklich gern. In jedem Zustand. Und: Das ist auch das Problem. Wie ich bin, fahre ich. Mir ist noch nie etwas passiert. Beim Autofahren. Ich habe auch noch nie jemanden verletzt. Beim Autofahren.
Ich bin kein Raser. Vom Kalkül her bin ich ein gemäßigter Fahrer. Ich mag es nicht, wenn Leute schnell fahren. Vor allem, wenn ich was getrunken habe. Wenn ich was geraucht oder sonst was genommen habe. Da ist das Letzte, was ich brauche, einen, der denkt: Autofahren ist so geil! Ich bin voll drauf!
Ich fahre dann 45 auf der Autobahn. Das Fenster ist zu. Aber der Wind streicht durch meine Haare.

Ich habe immer viel gelogen. Das hat mir gefallen. Erst als ich Broker war, hat das mit dem Lügen aufgehört. Die Broker-Karriere hat mein Lügen beendet.

Nachdem ich aus dem Geschäft draußen war, hab ich das Lügen aufgegeben. Allein aus einem Grund: Mein Hirn war total verkorkst. Ich brachte nichts mehr auf die Reihe. Durch die Drogen war ich nicht mehr in der Lage, mir zu merken, was ich den Leuten erzählt hatte. Ich verstrickte mich immer mehr in meinen eigenen Geschichten. Da beschloss ich: Ich lüge nicht mehr. Schluss damit! Es war einfach zu anstrengend. Ich hab damit aufgehört. Wenn ich dann das Verlangen hatte zu lügen, begann ich, mich selbst zu verarschen. Das war das Richtige für mich. Ich hatte einen guten Ersatz gefunden.
Ich erzähle heute immer noch gern Scheiße. Vor allem über mich. Wenn mir was Peinliches passiert, erzähl ich es immer gern allen. – Ich lache gerne über mich selbst. Das ist eine gute Art, durch's Leben zu gehen.
Das Schlimmste war, wenn jemand nach Jahren draufkam: Ich hatte ihm Geschichten erzählt. Das wollte ich nicht. Dass jemand über mich denkt, ich wäre ein Lügner. Das gefiel mir nicht.
Was ich noch immer gern tue: Ich übertreibe gern. Es mag vielleicht übertrieben sein. Aber es ist alles wahr. Hat seine Richtigkeit. – Das mache ich gern. Übertreiben. Aber auch das wird schon weniger.
Dir erzähle ich, was Sache ist. Ohne Wenn und Aber. Das ist wichtig! Keine Storys. Keine Übertreibungen!
Im Nachhinein gesehen, hat mir das Lügen ohnehin nichts gebracht. Es hat nichts verändert. Nichts Positives bewirkt.

Das Pausenclown-Dasein steht am Anfang. Wenn du dich als kleines Kind über Jahre hinweg pausenlos in einem neuen Umfeld wiederfindest, wirst du zum notorischen Geschichtenerzähler. Dadurch stehst du im Mittelpunkt. Wenn du's nicht tust, fällst du aus der Gruppe. Weißt du, wie schwer es für mich war, in einer Gruppe zu sein

und nur zuzuhören? Nur zuhören? – Das ging nicht! Das war unmöglich. Ich wollte immer im Mittelpunkt sein. Ich musste immer alles besser tun. Der Erste sein. – Du machst das? – Ich mach das auch! Du hast das? – Habe ich schon längst!
Irgendwann war ich dann an dem Punkt, an dem das zum Beruf wurde.

Heute muss ich nicht mehr lügen. Ich muss keine Geschichten erfinden. Das habe ich abgelegt. Das ist vorbei. Heute siehst du's mir auch an. Du siehst mir die Lüge an. Ich kann das eigentlich gar nicht mehr: lügen. Wenn ich heute lüge, weiß es jeder. – Sofort.
Heute heißt es ja auch ganz anders. Es heißt nicht: Du brauchst eine gute Geschichte. Sondern: Du brauchst eine gute Legende.
Das hat natürlich auch wieder mit dem zu tun, was ich tue. Natürlich lüge ich heute noch. Aber: Ich lüge heute professionell. – Um mein Geld zu verdienen.
Ich lüge nicht, um jemanden anzulügen. Im Freundeskreis. Heute habe ich Legenden. Wenn ich mich heute bei einer Firma bewerben müsste, hätte ich eine perfekte Legende. Wenn ich mich heute um einen Managerposten bewerben würde, hätte ich eine Legende, die sie mir abkaufen würden. Garantiert! – Die Sache ist nur: Sie würden mir den Job geben. Ich aber hätte Probleme mit dem Job. Ich könnte den gar nicht ausüben. Ich könnte den Job ja gar nicht ausfüllen.

Müsste ich heute einen Schnitt machen, würde ich etwas komplett anderes machen. Ich würde ein Lokal aufmachen oder eine Segelschule eröffnen. Ich würde etwas machen, wo ich nicht jemanden anlügen müsste, um den Job zu bekommen. Das wäre woanders angesiedelt.

Ich würde auch gerne noch mal auf die Musik zurückkommen. Ich kann mir's aber finanziell einfach nicht leisten, ein Jahr Auszeit zu nehmen. Um mich 100 Prozent der Musik zu widmen.
Ich habe zu viel zu erhalten. – Außerdem: Das Leben mit Valerija tausche ich nicht dafür ein!
Und: Selbst, wenn's funktionieren würde, und ich wäre dann reich, hätte ich sie im Zuge dessen verloren. Das möchte ich auf keinen Fall.

Wenn ich heute einen Anruf bekomme, der mich heiß macht, bin ich heute heiß. Morgen. Übermorgen. Vielleicht zwei Wochen lang. – Egal. Aber nach zwei Wochen reagiere ich nicht mehr so auf den Anruf. Die Zeit spielt eine große Rolle.
Über vieles brauchst du nicht einmal nachzudenken, weil die Zeit das für dich erledigen wird. – Du ersparst dir viel!
Wenn mir heute einer blöd kommt, und ich warte zwei Wochen, wird er nicht mehr auf dieselbe Art kommen. Die Zeit ändert vieles. – Lass die Zeit die Dinge für dich tun …!

Ich weiß nicht, wo ich in zehn Jahren sein werde. Vielleicht im Ausland. Aber: Ich wüsste nicht, was ich da tun sollte. – Ich habe keinen Plan.
Ich möchte mehr zurück zu dem, was als Kind funktioniert hat. Den spielerischen Zugang betonen. Ich möchte schauspielern. Ein bisschen dies. Ein bisschen das. Ich möchte Dinge machen, die mir Spaß machen. Ohne mir zu überlegen, ob die Welt schlecht ist. Ob Lobbys aktiv sind. Wer gerade wo wem den Hahn zudreht. Ich möchte für mich und für meine Leute leben. Ohne mir Gedanken zu machen, was in der so genannten großen, weiten Welt passiert.

Mir ist der Krieg scheißegal. In zehn Jahren. Ich konzentriere mich auf das, was ich bin. In zehn Jahren werden genauso Filme gedreht werden. – Egal, ob's Krieg gibt oder nicht.
Das ist kein Rückzug. Das ist Resignation, Mann!
Es ist eine Sache zu wissen, was in der Welt passiert. Es ist eine zweite Sache zu versuchen, daran etwas zu ändern. Und eine dritte Sache ist es zu erkennen, dass man gar nichts daran ändern kann. Das klingt zwar beschissen: Aber im Grunde möchte jeder etwas verändern. Jeder will eine Person sein, die den Unterschied markiert. Jeder Spitzensportler möchte der Unterschied sein. – Aber: Wenn ich kein Spitzensportler bin? Und: Wenn ich nicht mal für Sport angelegt bin? – Wie weit werde ich dann wohl kommen?
Wenn ich eines Tages stinkreich sein sollte, verändere ich etwas. Alles, was in meinem Budget nicht enthalten ist: Tut mir leid!
Um etwas zu verändern, brauchst du Geld. Ganz klar. Du kannst die Welt moralisch oder ethisch verändern. Sicher. Aber das tu ich ohnehin. Das macht doch jeder. Jeder ist gegen den Krieg. Jeder ist gegen Tierquälerei. Jeder möchte, dass der Regenwald weiterhin existiert. – Die wenigsten aber haben den Regenwald überhaupt je gesehen, Mann! Wir sind indoktriniert. Die können uns doch alles erzählen. Du kriegst nur die Bad Facts. Hintergrundinformation gibt es nicht. Das sind doch keine Perspektiven.

Wir haben's doch schon in den 50ern und 60ern verschissen. Da hat's ja schon angefangen. Damals wurden ja schon die Schienen falsch gelegt. Von denen wir jetzt nicht mehr runterkommen.
Die Leute, die die Macht übers Erdöl haben, sind dieselben Leute, die die Patente für alternative Energie besitzen.

Das sind dieselben Leute, die heute schon das Patent auf Wasser haben.
Die lassen so lange Erdöl zapfen, bis die Ressourcen erschöpft sind. Und dann kommen sie mit neuen Energieträgern. – Das ist nur ein Beispiel.
Du veränderst nur etwas durch Geld. Die Leute, die heute alles haben, sind die gleichen, die in hundert Jahren auch alles haben. Weil sie sich heute schon die Rechte sichern für das, was in hundert Jahren Wirtschaftsfaktor sein wird.
Derselbe, der dir heute das Scheiß-FCKW in den Arsch schiebt. Der sagt: Blas raus! Blas raus! Ich geb dir mehr Hubraum! Sagt dir morgen: Du hast keinen Hubraum mehr, Baby! Aber ich geb dir ein Auto, das mit Wasser fährt. Und das verkauf ich dir ganz günstig!
Das sind dieselben Leute.
Was soll ich denn angesichts dessen verändern wollen? Wenn du das nicht erkannt hast, wie willst du dann etwas verändern? – Vergiss es, Mann!

Ich kann nicht flüchten. Ich kann nicht auf eine einsame Insel gehen. Und aus der Ferne zuschauen.
Ich bin mitten drinnen. Ich bin hier in Europa, Mann! Und: Hier wird es so donnern, dass wir uns alle anscheißen werden.
Was soll ich verändern? Ohne Geld? – Wenn ich viel Geld hätte, würde ich viel Lobbyismus betreiben. – Würde das was an meinem Leben ändern? Ja, alles! Es würde mein Leben komplett auf den Kopf stellen!
Ich würde mit fünf Bodyguards zu Hause sitzen, weil ich irgendeine Lobby unterstütze. – Und das irgendwem überhaupt nicht passt.

Ich möchte ein gutes Leben führen. In Reichtum. Ich möchte mit niemandem teilen. – Ein Freund von mir wünscht sich Folgendes: einen Berg besitzen. Mit einem Schilift. Mit einem Bügel. – Ich möchte das auch! Einen Berg mit einem Schilift, mit einem Bügel. – Das möchte ich!

Ich möchte niemanden teilhaben lassen an dem Glück, das ich finde. Wenn ich es je finden sollte. Ich möchte nicht teilen. Ich könnte ja alles wieder verlieren. Weil ich genau der Mensch bin, der alles wieder hergibt. Ich war das immer schon. Ich krieg zwei Euro. Und: Ich geb vier her. Ich trau mir selbst nicht. Habe ich etwas, gebe ich's sofort wieder her.

Wenn ich mit 500 Euro unterwegs bin, bin ich unterwegs. Und weg ist die Kohle. Gnadenlos. Und: Weil ich genau weiß, dass ich mit Geld nicht umgehen kann, würde ich genau das machen: Ich würde mir einen Berg kaufen. Mit einem Schilift. Mit einem Bügel. – Einem einzigen Bügel! Damit ich nicht Gefahr laufe, alle auf meinen Berg einzuladen.
Wäre ich extrem reich, wären alle meine Freunde auch extrem reich. Wahrscheinlich wären sie sogar reicher als ich. Ich würde ihnen ja alles geben.

In meiner Zeit als Broker haben alle an mir mitverdient. Die mussten nicht mal arbeiten für das Geld. Die mussten nur bei mir sein. Dementsprechend tolle Freunde hatte ich. Wenn was da war, waren sie da. War nichts da, waren sie weg. Das brauche ich nicht. Das möchte ich nicht mehr. Es gibt genug Laster auf der Welt. Bist du das eine los, steht schon das nächste vor der Tür!
Ich sage nur: Berg! – Schilift! – Bügel!
Wenn's mich raushaut, fahre ich eben runter und starte noch mal neu. Fahr nochmal hoch. Es ist besser, alleine auf die Schnauze zu fallen. Und wieder aufzustehen. Das

ist das, was ich kenne. Alleine auf die Schnauze fallen. Alleine wieder aufstehen. Und unterwegs alle bedienen! Viele saugen deine Energie ab. Und dann sind sie wieder weg. Das kenne ich auch. Ich war auch lange so. Wenn ich jemanden kennengelernt habe, saugte ich so lange an ihm, bis ich satt war. Seine Energie war weg. Und: Ich bin weiter.
Dieses System hab ich „frame to live“ genannt. Ich bin durch die Welt gegangen. Egal, wo jemand gelächelt hat, da war ich auch! Ich hab meine Drainagen gelegt. – Absaugen! Und weiter!

Sollte ich wieder zu richtig viel Geld kommen, würde ich wahrscheinlich in die Mongolei fahren. Und dort ein Dorf aufbauen. Oder nach Afrika. Ein Dorf aufbauen. – Für so was bin ich zu haben! Das entspricht mir. Nicht über eine Organisation. Ich würde eine Stiftung gründen. Und es selber machen. Du weißt, wo dein Geld hingeht. Und: Du bist vor Ort.
Ich habe gerade eine Doku gesehen. Über eine Familie in Afghanistan. Die Mutter ist früh gestorben. Der Vater ist weggegangen. Der Großvater und das vierjährige Kind leben in einer Hütte auf einem Berg. Gemeinsam mit fünf weiteren Geschwistern.
Die gehen jeden Tag drei-, viermal am Tag hinunter zum Wasserloch. Und dann steil hinauf zum Haus. Um Wasser zu haben. Und: Keinen halben Kilometer entfernt davon spritzen die Arschlöcher in der Stadt ihre Autos mit dem Schlauch ab!
Da würde ich kommen. Mit meinem weißen Ross. Und würde sagen: Ich lege euch eine Wasserleitung! – Die Armut da bekämpfen, wo sie nicht sein müsste!
Ich würde im Kleinen was tun. Nicht groß die Welt verändern. Eines würde ich nie machen: Ich würde nie einen Missionar unterstützen. Das ist die größte Mafia der

Welt. Die leben besser als du und ich. – Egal, wo sie sind. Ein Missionar verdient in Österreich im Durchschnitt 3.000–4.000 Euro. – Und wofür? – Der macht ja nichts! Der ist ja nur Seelsorger, Mann! Dem würde ich nie was geben. Den würde ich nie unterstützen.
Sogar meine Mutter, die alte Missionarin, meint, ich hätte recht. – Was so viel heißt wie: Ihr gebt es also zu! Ihr gebt zu, dass ihr Arschlöcher seid! – Ist nichts Neues.

Jemand, der wenig hat, wird immer neidisch sein auf jemanden, der viel hat. Immer. Das ist so. Das wird immer so sein. Ob er das zugibt oder nicht. Auch wenn er sich scheinbar freut. Für den anderen. Das wird immer so sein. Er hätte trotzdem gerne den Reichtum des anderen. Es gibt immer Größere und Kleinere. Und es wird immer so sein, dass der Größere den Kleineren frisst. Der Größere wird immer mehr bekommen als der Kleinere.
Ich kenne mehr große Typen, die Kohle haben, als ich kleine kenne. – Kennst du vielleicht Manager, die kleiner sind als 1,80? Ich kenne nur große Typen!
Du hast einfach bessere Chancen, wenn du groß bist. Klar kenne ich auch kleine Menschen. Keine Frage. Aber die richtig Erfolgreichen sind die großen. Und: Warum ist das so? Weil sie das ausstrahlen. Egal, ob Männer oder Frauen. Die Queen Mum ist mit Sicherheit die Kleinste von allen. Aber die war ja auch schon immer die Queen Mum.
Das ist das typische Zeichen der Wirtschaft: Groß ist gut. Klein ist schlecht. – Mittelgroß läuft unter „ferner liefen".
Große Leute haben es besser im Leben. Vielleicht finden sie nicht immer gleich das passende Gewand. Schuhe, Klamotten. Aber sie haben mehr Erfolg!
Natürlich gibt es auch kleine erfolgreiche Menschen. Aber: Deren Erfolg ist ein anderer. Du kannst nicht einfach so als kleiner Mensch auf die Welt kommen. Und immer

klein bleiben. Dann bist du weg! – Du musst viel mehr beweisen.
Wenn du groß bist, hast du immer mehr. Automatisch. Auch wenn du nichts hast, hast du mehr: Du schaust immer auf die Leute herunter.
In einer Gesellschaft, die dadurch geprägt ist, rauf- und runterzuschauen, bekommst du eines vom Kindergarten weg eingetrichtert: Der Größere gewinnt immer! Das kriegen wir mit. So erziehen wir unsere Kinder! – So leben wir! Das ist unsere Welt.
Das Leben ist ein Haifischbecken. Der größere Fisch gewinnt, Mann! Aber: Hast du schon einmal einen Hai erlebt, der einen Wal gerissen hat?
Die Wirtschaft ist auf eines ausgelegt: Du musst wachsen! So schnell du kannst! – Um nicht aufgekauft zu werden. Was auch heißt: Wenn du eine Idee hast, musst du so schnell sein, dass keiner sie dir mehr wegnehmen kann. Wenn du nämlich heute eine Idee hast, hat sie ein anderer auch. – Jetzt!
Derjenige von euch, der schneller auf die Idee anspringt und zuerst reagiert, liegt vorne. Der mit den besseren Möglichkeiten gewinnt. Ganz klar. Das bessere Backup, die bessere Lobby. Das ist das ganze Um und Auf.
Wer setzt die Idee um? – Der, der schneller ist! Und der die geeigneten Mittel hat! – Das ist es!
Der Größere wird immer über dem Kleineren stehen. In dem Moment, wo ich auf jemanden herunterschauen kann, bin ich im Vorteil. Das heißt noch nicht, dass ich gewonnen habe. Das heißt nicht, dass ich mich durchgesetzt habe. Aber: Der Vorteil liegt ganz klar bei mir. Der andere kämpft nicht nur dagegen, dass er weniger hat als ich. Er kämpft auch dagegen, dass er kleiner ist als ich. Dass er als Unternehmer kleiner ist als ich. So ist es. Ausnahmen bestätigen die Regel. Das ist die Demokratie der Marktwirtschaft.

Die Frage ist immer die: Wer ist größer?
Der Größere muss am Kleinen Interesse finden. Hat er Interesse, wird er ihn kaufen. Über kurz oder lang. Hat der Kleine eine Chance? – Nein! Hat er nicht!
Wenn ich ihn wirklich haben will, krieg ich ihn. Dann krieg ich ihn auch.
Unternehmen vor einer feindlichen Übernahme zu bewahren, hat zu einer meiner Spezialitäten gehört: Du streust Bitter Pills. Das kannst du mit Aktien machen. Indem du immer wieder deine Aktien verdoppelst, bis es so viele davon gibt, dass der Gegner sie unmöglich kaufen kann. Man kann's so hinauszögern. Vermeiden kannst du's nicht. Im Endeffekt gilt: Wenn ich alles haben will, was du hast, krieg ich's. Ich muss es nur genug wollen. Wenn ich größer bin als du, krieg ich's auch. Wenn ich kleiner bin, dann nicht. – Dann kann's letztendlich genau umgekehrt passieren. Das Blatt kann sich jederzeit wenden.
Wenn du nichts mehr hast, musst du extrem viel Energie aufbringen, um nicht auszuscheiden. Die Resignationsschwelle ist dann auch schneller erreicht. Das ist der Vorteil im Westen. Für jemanden Großen. Für einen Unternehmer. Er kann jederzeit das Große verlieren. Und: Er hat die Möglichkeit, was Neues zu machen. Der Kleine aber ist aus dem Rennen. Verliert er, ist er weg vom Fenster.
Ich habe immer nach Möglichkeiten gesucht, die anders sind. Egal, wie viel ich hatte.
Nach beendeten Beziehungen bin ich immer mit der Plastiktüte weitergezogen. Besitz gehört zur Vergangenheit. Warum sollte ich ihn mitnehmen? Dazu bin ich zu wenig Materialist.
Ich hab das jedenfalls schon immer so gemacht. Bin immer ohne Ballast raus. Hab alles meinen Exfreundinnen überlassen. Ich nehme nichts mit.
Ich halte einiges an Ruhe aus. Zu viel muss aber nicht sein. Ich werde dann sofort mitteilungsbedürftig. Ich war lange

Zeit allein. Ich bin auch gern alleine. Ich kann stundenlang in einem Raum sitzen. Alleine. – Aber nicht, wenn mich jemand dazu zwingt.
In Wartezimmern bei Ärzten? – Ein Horror! – Eine Höhle am Berg? – Kein Problem! – Wenn aber einer sagt: Geh in die Höhle, zünde ein Feuer an! – Das kann ich nicht!

Ich möchte es nicht missen, zu gehen. Abschied zu nehmen. Für immer.
Am Ende ist die Reise vorbei. Und: Ich möchte sie nicht bereuen. Ich möchte zufrieden sein können. Ich möchte etwas mitnehmen können.
Ich bin zufrieden. Ich würde mich ärgern, wenn's jetzt vorbei wäre. Nicht, weil ich nicht zufrieden bin mit dem, was bis jetzt gewesen ist. Sondern, weil ich dann zu früh abgekratzt wäre. Es wäre noch nicht alles. Solange es noch was gibt, solange ich noch etwas vorhabe, würde ich mich über einen Abgang ärgern.
Ob ich mit dem zufrieden bin, was ich bis jetzt gemacht habe? – Ja, ich bin zufrieden. Ich fahre mit wackeligen Reifen. Aber ich bin zufrieden. Ich fahre in hohem Tempo. Aber ich bin noch nicht am Ende.

Ich erzähle dir von dem, was mich beschäftigt. Und: Ich spreche von Dingen, die ich nicht mehr tun möchte. Je mehr ich aber darüber rede, desto mehr gefällt mir mein Leben auch in diesen Momenten wieder. Ich rede zum Beispiel gerne übers Broken. Ich würde es nicht mehr machen. Aber: Ich hab das Feuer noch. Die Kraft. Die ist noch da. Ich könnte alles noch einmal machen. Mit genau derselben Energie. Mit genau demselben Erfolg.
Ich bin nicht ausgebrannt. Ich fahre in hohem Tempo. Ich bin noch lange nicht am Ziel.
Ich habe noch einen Ersatzreifen im Kofferraum …